浪花朵朵

大作家写给孩子们

胖子国和瘦子国

[法]安德烈·莫洛亚 著

乔安夫斯基 绘

陈潇 译

上海人民美术出版社

目录

胖子国和瘦子国

36000 个愿望之国

胖子国和瘦子国

第一章　杜布鲁家族

"哎呀！你们吃得太慢了！"杜布鲁先生抱怨道，手指还在不耐烦地敲打着餐桌。

"我没有，爸爸。"提尔耶说。

"我不是说你，我是说你妈妈和你哥哥。"

整个法国都找不出像杜布鲁一家这样温馨的家庭。杜布鲁夫妇非常相爱，也很爱他们的两个儿子。哥哥艾德蒙十岁，弟弟提尔耶九岁。他们经常争执，可不让人省心了，但是他们又离不开对方。艾德蒙总说："提尔耶太调皮了！"但是如果提尔耶离开他两天，艾德蒙整个人就心不在焉，像丢了魂儿似的。提尔耶老是抱怨说："艾德蒙太暴力了！"但如果哪天艾德蒙生病了，提尔耶也会一同病倒。

大部分男孩的口头禅都是："这是我做的！""我先看见的！"他们两兄弟不一样，他们从不这样说。他俩总是说："我们去了马戏团……我们没有甜点吃了……

我们得了麻疹……"他们就像是连体婴，去哪儿都分不开。

然而在吃饭时，父母和兄弟俩还是起了争执。杜布鲁家庭分为两派。杜布鲁太太和艾德蒙是美食派。艾德蒙每天放学回家第一件事，就是走进厨房，问晚上有什么好吃的。据说艾德蒙八个月大时，就已经能稳稳坐在宝宝餐椅里，家人扔给他一盘排骨，他居然可以双手接住。

相反，杜布鲁先生和提尔耶是速食派。他们对吃从不上心，每次吃饭只希望速战速决，一个想去工作，一个想去玩玩具，所以他们两个都很瘦。

"艾德蒙，"杜布鲁先生说，"你如果继续这样吃下去，就会成为名副其实的大胖子了。"

杜布鲁太太不安地看着儿子。她自己也怕长胖，但是又无法拒绝甜品的诱惑。她经常在家里走上一整天，为的就是保持身材。

"你说什么呢？"她反驳道，"艾德蒙才不是胖子。"

"他就是……"提尔耶跟着火上浇油，"胖子！胖子！胖子！"

艾德蒙气坏了，从桌子边跑过来，给了提尔耶一拳。提尔耶被打哭了。这两兄弟果然是一对活宝。

一个夏天的周日，杜布鲁先生答应了两兄弟，带他们去枫丹白露森林玩。兄弟俩可喜欢跟着爸爸一同去散步啦！

天气不错，走上几公里后，杜布鲁先生在大石头之间选了个阴凉的地方。他们背靠爬满青苔的石头，坐了下来，爸爸从口袋里拿出一本书。

"我给你们一个小时的时间，"他对两兄弟说，"你们可以去爬双胞胎石和尖石……但千万要小心，不要走得太远，如果我喊'呜呼！呜——呼！'，你们就得回答我。"

"呜呼！呜——呼！"是杜布鲁家族专属的暗号，他们的第二个呜呼声还会拐弯。这样，他们就可以在人群里或者黑暗中迅速找到自己的家人。

艾德蒙和提尔耶走远了。双胞胎石是指两块靠在一起的石头，一块六米高，一块七米高。

"我们分别从两边上。"提尔耶调侃道,"我肯定比你爬得高,大胖子。"

"提尔耶!"艾德蒙喊道,"你再这样叫我的话,我就生气了。你最好识相点儿,小心再吃我的拳头……"

他们攀着石头,从两边往中间爬。过程很艰辛,手脚要沿着石头缝隙一点点往上挪,所以他们爬得很慢。艾德蒙还有三米就爬到终点了,就在这时,他忽然听到了呼喊声:

"呜呼!呜——呼!"

是爸爸在叫他们,提尔耶用同样的暗号回应了爸爸。从声音的方位判断,艾德蒙意识到提尔耶爬得比他高。于是,他赶紧加速,快要到顶端时,他又听到了"呜呼!呜——呼!"。但是这一次,声音似乎是从石头缝里传来的。艾德蒙扒开两块岩石,把头探进去查看。很快,他再次听到了呼喊声,这一次是从石头缝最深处传来的。他居然还在里面看到了弟弟!

"提尔耶?"他大喊,"你在下面做什么?你掉下去啦?"

"才不是。"提尔耶不想示弱，"我只是下来……看看而已。艾德蒙，这里风景可美了！"

"你怎么掉得这么深？你看到了什么？"

"一个巨大的岩洞……电灯泡很亮……就像是一个车站。"

"有火车吗？"

艾德蒙最喜欢的莫过于火车。

"没有，但是这里很好玩，你也赶紧下来吧。"

"怎么下去啊？"

"就像是从烟囱里滑下来一样……这里的地面都是青苔，你不会摔疼的。"

艾德蒙觉得他的说法不可信，但是又不想被人看出来心虚害怕。于是，他闭上眼睛，放松身体，顺着两块石头之间的缝隙滑了下去。一路很顺畅，艾德蒙还没来得及害怕，就一屁股坐在了青苔上，正好滑到了弟弟身边。

"你看！"提尔耶叫道。

眼前的景色让人大吃一惊！他们面前有一个巨大的

岩洞，拱门上的灯发着蓝光，地面铺着珐琅地板，一半是红白色，另一半是蓝红色。岩洞尽头是缓缓下沉的隧道，从里面传来了机器的噪声。

"天啊！"艾德蒙大喊，"地下还有人居住？"

"当然啊，你知道隧道里还有什么？"提尔耶问他，"我刚才去看过了。"

"你看到了什么？"艾德蒙问。

"里面有个扶梯，就跟地铁里的一样。"提尔耶答道。

艾德蒙赶紧跑过去。眼前，右手边是部看不到尽头的扶梯，一直下到地心深处；左手边是上行的扶梯，但是上面一个人都没有。

"我们一起下去吧。"提尔耶提议。

"要不，跟爸爸说一下吧。"艾德蒙有些犹豫。

"不用，我们一会儿就回来了。"

提尔耶做事总是不计后果。这时，他们听到远方传来了"呜呼！呜——呼！"，他们用尽全力回复"呜呼！呜——呼！"，然后一同踏上了下行的扶梯。

第二章　两艘怪船

艾德蒙和提尔耶从没见过这么长的扶梯，他们俩坐了一个多小时也没到尽头。下降的过程中，在这半明半暗的空间里，始终有一盏红绿灯一闪一闪发着光。

"就像是地铁信号灯……"艾德蒙说，"我们已经下到很深的地方了。"

"你害怕吗，胖子？"提尔耶问道。

艾德蒙不说话，在一片寂静中，他们只听得到扶梯的"咔嚓咔嚓"声。

终于，他们看到最深处有一道拱门，里面的光线照亮了隧道的墙壁。五分钟后，扶梯到了底，艾德蒙和提尔耶来到一个大厅。扶梯出口处站着两个拿着武器的士兵。他们的外形看起来很滑稽，一个又矮又胖，一个又高又瘦。

瘦子喊道："两个地面上的人！两个人！"

胖子喊道："一个胖子……一个瘦子！两个人！"

胖子身后的瘦子在绿色的纸板上戳了两下，好像是在计数。胖子的穿着打扮像是车站的工作人员，他走到艾德蒙身边。

"没有行李吗?"他吃惊地问道。

"没有。"艾德蒙回答，"我们一会儿就回家。"

胖子听罢就走远了。

除了兄弟俩，还有很多游客在大厅里穿行。他们都朝同一个方向走去，艾德蒙和提尔耶紧随其后。墙上有一块巨大的招牌，上面写着：

此路通往游船

人群推着他们往前走，穿过一道门后，迎面吹来让人神清气爽的凉风。原来他们来到了海边。虽然眼前的视野很开阔，但兄弟俩很快就反应过来——这里的光并不是阳光。天空中飘浮着巨大的气球，照亮了整个海面。气球里填充的是明亮的蓝色气体，这种气体散发的光芒很柔和，不刺眼。悬崖边耸立着一座小村子，村子里盖着别墅和旅馆，不远处是港口和灯塔。泛着金属光泽的天桥将堤岸和渡船连接起来，其中一座天桥的招牌上用圆乎乎的字写着：

月亮线：通往胖子国

这是一艘胖墩墩的轮船。

另一座天桥的招牌上用细溜溜的字写着：

彗星线：通往瘦子国

这是一艘外形纤细的金属渡船。

"我们坐船出海吧！"提尔耶兴奋地提议。

"可爸爸还在等我们。"艾德蒙说。

"我们又不玩很久，"提尔耶说，"一会儿就回。"

这里看起来不像是大海，更像是海峡。借助气球的光，人们可以清晰地看见海岸另一端高处的房子。

"但是我们没钱。"艾德蒙说。

"我有，"提尔耶说，"我身上还有二十法郎。再说，刚刚坐扶梯也没给钱，说不定这船是免费坐的。"

艾德蒙叹了口气，跟在提尔耶身后。他总是无法拒绝弟弟。两个人走上了通往胖子国线的天桥。一位笑容满面的胖军官把艾德蒙轻轻地推上船，说道：

"看啊！是地面人……真稀罕！"

提尔耶跟在哥哥后面。

"不行！"胖军官说，"您得上另一条船。"

"但是我们是一起的。"提尔耶反驳道。

"在地面上也许如此，"军官向他们解释，"但在这里是不可以的。他是胖子，您是瘦子……不能胡闹……如果您想提出申诉，那么体重秤在那边……您可要抓紧时间上船哦，我刚刚听到另一艘船要出发的广播了。"

果然，对面传来非常刺耳的鸣笛声。提尔耶不再犹豫，马上冲向第二座天桥，跳上了甲板。螺旋桨已经发动，水手们搬出了救生艇。在一片嘈杂的声音中，提尔耶听到了：

"呜呼！呜——呼！"

他跑到船的后方，看到艾德蒙站在另一艘朝相反方向行驶的船上，挥舞着手帕，眼里全是泪水。提尔耶在口袋里翻了翻，只找到了他昨晚在学校小卖部买的甘草糖，于是掏出糖，拼命向哥哥挥舞。身边的游客们吃惊地看着提尔耶，但是他毫不在乎。跟哥哥分开真是太让人难过了！他现在身处在一群陌生人中间，接下来，还有什么奇怪的事在等着他呢？

第三章　瘦子国港口

看着艾德蒙消失在视野里，提尔耶轻轻叹了口气，向四周环顾一圈。他曾经坐船出过海——从加莱海岸到多佛港，从迪耶普到纽黑文，从勒阿弗尔到南安普敦，甚至从马赛到阿尔及尔，但是从没有见过这样一艘船。他坐过的船都是前后晃动（爸爸解释说这是纵摇）加左右摇晃（爸爸解释说这是横摇）的。提尔耶以前会因为左右摇晃而晕船，但是他现在坐的船居然一点儿也不朝左右摇晃，这艘瘦长的船只会前后晃动。提尔耶整个人放松下来，这才觉得有点儿饿了。

船上突然起了一阵骚动，大家纷纷走动起来：小商贩们推着装满了货品的小车，有人卖书、有人卖报纸，还有人卖放大镜和手表。提尔耶希望能买到跟学校小卖部里一样的巧克力和香蕉，但是没人卖吃的。

经过一间玻璃屋时，他发现里面有人在练习体操。

有人在举重、有人在掷球、有人在爬架子……这

幅景象让人联想到那种一直放着动画片的节日橱窗。

这艘船上有很多乘客，但让提尔耶吃惊的是，他们当中没有一个胖子，甚至连一个中等身材的人都找不到。这上面所有的乘客，无论男女老少都是瘦子。他们特别地瘦，瘦到皮包骨，手指关节突出，衣服空荡荡的，人就像幽灵似的飘来飘去。然而这些人看起来也没有病态的感觉，相反，他们活泼敏捷，虽然瘦但精神好得很。

"我在哪儿?"提尔耶思考着，"英国人很瘦……但是也有胖的……另外，这些人不是英国人，我们不可能坐电梯从法国下到英国……他们也不是美国人，我们也没穿越大西洋，他们更不是德国人，德国人很强壮的……"

他迈着大步在船上走来走去，满脑子一堆没有答案的问题。经过一个船舱时，他看见门上写着：工作间。提尔耶还注意到墙上有一张地图，这让他很吃惊，因为他从未见过这张地图，不认识上面的地名。

提尔耶在地图前站了好久。他的地理课成绩是全班第三名，但是这上面的国家他全都不认识。正在他百思不得其解时，一位瘦瘦的白发老先生来到他身边，仔细端详着他。

"啊!"他开口了，"小小的地面人?"

"我吗?"提尔耶一头雾水。

"是的，你……你是哪个国家的?"

"我?"提尔耶说，"我是法国人。"

"那就是我刚才说的地面人……"老先生说，"我们不明白，为什么在你们国家胖子和瘦子居然可以一起生活。在地下，胖瘦界限分明——我们分为胖子国和瘦子国。"

"胖子国只有胖子，瘦子国只有瘦子?"提尔耶问道。

"你还算聪明，"老先生一副轻蔑的表情，"说得没错。"

他的态度让人不舒服，但是提尔耶想多了解点儿情况，所以接着问了一连串的问题。他得知这位老先生叫作杜西弗，他是瘦子国学院的历史教授。其实很容易猜到他的职业，因为他特别喜欢提问题。

"请问瘦子国的首都是?"他突然对提尔耶发问。

"问我?"提尔耶有些惊讶。

"当然，你身边也没其他人啊。"

"我……"提尔耶说，"我知道意大利的首都是罗马，波兰的首都是华沙，匈牙利的首都是布达佩斯。但是我们没有学过瘦子国的首都是哪里。"

"零分。"杜西弗先生说，"跟我重复：瘦子国的首都是瘦立德。"

提尔耶重复了一遍。

"让我再问你，胖子国的首都是?"杜西弗先生突然又发问。

"我不知道。"提尔耶说，"……也许是胖大德?"

"给你五分。"杜西弗先生说，"跟我说一遍：胖子国的首都是胖大堡。"

"太难记了!"提尔耶说，"如果爱沙尼亚的首都是爱思嘉德，阿尔巴尼亚的首都是阿尔巴夫就好了。"

"你闭嘴。"杜西弗先生说。他让提尔耶站在地图前，继续说：

"你们坐的那部电梯是连接地下和地上的通道，叫作'地面之梯'。电梯的出口就在被你们称为枫丹白露的森林里，藏在两块大石头中间。"

"这个我知道。"提尔耶耸了耸肩。

"刚刚上船的港口叫作'海面之港'。这个很重要，因为它一边是胖子国海岸的边界……"

"另一边是瘦子国海岸的边界……"提尔耶接着说。

"给你加十分。"杜西弗先生说，"现在看地图，你会发现胖子国和瘦子国的边界首先是陆地上的撒哈夫沙漠，接下来是黄金海湾（因为海底的金色石头而得名）。海湾的南边是两个海角：马塔夫海角和菲尔海角。"

"我明白了，"提尔耶说，"海湾中间就是瘦立弗岛。"

"没错。"杜西弗先生说，"我想去海底看看，因为这座岛是我们所有不幸的源泉。"

在继续跟杜西弗先生上课之前，我们来看看艾德蒙的现状。

第四章　胖子国港口

艾德蒙一个人在甲板上，想到了他可怜的爸爸——他要是四处都找不到他们兄弟俩，肯定要急坏了。当看见提尔耶消失在地平线时，艾德蒙忍不住哭了。他多想回家，多想在房间里安静地玩火车啊！但是大人经常对他说，十岁的大孩子不可以爱哭。他给自己打了打气，好鼓起勇气接受眼前的事实。

艾德蒙怕晕船。以前他坐船去英国时，最怕前后晃荡。但是这艘胖胖的船只会左右摇晃，所以他马上就适应了，就是饿得厉害。

甲板上摆满了躺椅，上面睡着许多男男女女。有些躺椅是皮制的，有些是帆布的，还有些可以随着海浪的波动轻轻摇摆。水手没有躺椅可坐，他们双手插兜，在甲板上悠闲地散着步。一个水手在吃面包和巧克力，另一个水手在吃香肠片，还有一个水手在津津有味地啃鸡翅。船长坐在栈桥的扶手椅上，身旁的桌

子上摆着一盘蛋糕和一杯糖水。

　　船长、水手还有乘客看起来都是一脸幸福的表情，但令人吃惊的是他们都很胖。艾德蒙见过父母的朋友们，其中也有胖胖的叔叔和阿姨，但是他从没见过这么多成群结队、大腹便便的人。他们一个个脸色绯红，连手指头都胖乎乎的。一个有着至少四个下巴的老太太走过来，示意他过去。

　　"你是地面人？"她问道。

　　"不，"艾德蒙回复，"我……我是法国人。"

　　"没错，"胖太太说，"你就是地面人……但你是一个地地道道的胖子，是最好的一类人。"

　　"我才不是胖子！"艾德蒙生气了，"我的爸爸……"

　　他的声音惊醒了一些在睡觉的胖子。一个白胡子老头，肚子有两米高，他本来在一张镀金边的红色躺椅上打盹儿，这会儿突然站起来看着艾德蒙。

　　"怎么回事？"他问道。

　　"首相大人，"胖太太一脸恭敬，"我刚刚告诉这个小小的地面人，他跟我们一样，是胖子国的一员，结果他被吓坏了。"

"我的朋友，"老先生友好地说，"你应该为身为胖子感到骄傲，你的胖子兄弟也为你感到骄傲。"

"我的胖子兄弟在哪儿?"艾德蒙更加生气了。

"嘘!"老太太说，"你现在在跟首相大人说话……要尊称他沃拉夫阁下。"

老先生友善地笑了。

"把地图[1]拿给我。"他说道。

两位服务生走上前，递上了一张长长的菜单。

"不不，"首相直摇头，"我说的是地图。"

地图拿上来后，首相指给艾德蒙看——这张地图跟提尔耶看到的那张地图几乎一模一样，只有一个地方不同：刚才海湾中间的瘦立弗岛，在这张地图上变成了胖达非岛。

艾德蒙仔细看了看胖子国的地图。沃拉夫首相温和地说:"我的朋友，现在我累了，要继续睡午觉。你可以留在我身边，我给你找一张能摇晃的躺椅。你可

1　法语carte一词既可以指地图，也可以指菜单。

以舒舒服服地躺着吃几块面包，再看本历史书，这样你在上岸之前就可以了解一些必要的知识了。"

他跟年轻的秘书嘀咕了几句，秘书随后便给艾德蒙拿来一本书，书名叫《胖子国历史》。

艾德蒙正一脸狐疑地看着这本书，一个胖水手走过来，在他身边放了一张矮桌（桌上还有一杯热可可和几块坚果饼干），然后替艾德蒙撑开了躺椅。艾德蒙非常喜欢这顿茶点，他惬意地窝在躺椅里，喝了一大口热可可，一边啃着饼干，一边看书。胖子们可真会享受生活啊！

书的第一页是这样写的：

胖子国历史

第一章

超级胖子的入侵（1023—1047）

最初，我们国家叫作胖威国，居民叫作胖福。胖福人力大无比，内心温柔。我们内部分成好几个部落，但从不打架，也不跟邻居打架。我们没有国王，每个部落有个首领，同时也是祭司。

大约在公元800年，在北部的撒哈夫沙漠，出现了最早的骑士胖达人，他们比胖福人更加威猛。虽然他们人数不多，但很快征服了胖福人，占据了胖威国的北部地区，并将胖大堡作为他们的堡垒。

胖福人天性温顺，友好地接受了外来统治者。两个种族融合在一起，变成了一个既纯良又勇敢的民族，他们就是如今胖子国的祖先。

1023年，一位胖达人首领和一位年轻的胖福公主生下的儿子被册封为国王，即超胖一世。两族共同建立了胖子国，首都就定在胖大堡。

艾德蒙读得很认真。这时，胖水手拿走了他喝完的热可可，又端来一大碗汤，还有奶酪蛋糕。

"还有吃的吗?"艾德蒙有点儿不好意思。

"还有一小时就是午饭时间了。"水手回答，"请再等等。"

艾德蒙喜欢喝汤。他坐回躺椅里，看起了书的最终章。"既然我刚刚来到他们的国家，"他自言自语，"最好还是把前因后果先了解清楚吧。"

于是，他继续读了下去。

这就是最后一章的开头：

第五十五章

超胖三十二世（1923—?）

瘦子国的新诉求——封闭战争（1928）& 胖达非

协议（1929）

自伟大的超胖三十一世在一顿盛宴中驾崩后，他的儿子超胖三十二世便于1923年继承了王位。他也是整个超胖王室最显赫的君主。胖子国从没有过这么胖、这么和善的国王。宫殿的大门和皇家厨房的大门始终为众人敞开。冰栗子税被取消。在这届国王统治期间，胖子国居民过上了幸福美满的日子，要不是邻居瘦子国……

"瘦子国？"艾德蒙停下来，"我好像在提尔耶坐的船上见过这个词。"

"瘦子国在哪里啊？"他问身边的胖水手。

"啊！"水手伸伸懒腰，"瘦子国，瘦子国……我一会儿再告诉你，让我先去找张躺椅。"过了一会儿，他一手拿着一块夹了龙虾、沙拉和鸡蛋的巨型三明治，一手端着一杯啤酒走了过来。他拖来一张宽大的躺椅，坐在艾德蒙身边。

"说起瘦子国啊……"胖水手每说一句话就停下来吃一口或者喝一口，"他们住在海湾的另一边。这群人太可怕了，个个瘦骨嶙峋、面黄肌瘦，偏偏又特别爱好运动，还几乎不吃东西，只喝水，像疯子一样工作！其实这些都无所谓，我们胖子国的人可以接受跟我们不一样的人……关键是这群瘦子太坏了，他们想强迫其他人跟他们一样生活。例如，海湾中央有个漂亮的小岛叫胖达非岛。两年前，瘦子国的人强迫当地的居民（他们都是土生土长的胖子国人）遵守瘦子国的法令，取消了中饭，一个星期工作六天……可怜的当地居民向我们求救，于是我们不得不反抗。"

"所以你们打仗啦？"艾德蒙问。

"什么？"胖水手很吃惊，"你居然不知道这件事？这是地下王国最可怕的一场战争，我们称之为'封闭战争'。"

"为什么叫这么个名字？"

"你膝盖上不是有本历史书吗？书上写得很清楚，两边的军队最后都成了对方的俘虏。"

"怎么会这样？"艾德蒙很不解。

"你自己读吧。"水手说。

于是，艾德蒙大声读起来。

　　根据以往的作战经验，军队是无法穿越撒哈夫沙漠的，于是胖子国参谋部决定攻打瘦子国边境。在胖福元帅的指挥下，胖子国军队于5月15日登陆瘦子国边境，一路狂扫，瘦子国毫无还击之力。6月3日，胖福元帅率军攻入瘦立德城。

　　不幸的是，同一天，瘦子国的塔西弗将军率

军侵入胖大堡。几个月来，瘦子国参谋部秘密筹备了大批军粮和交通工具，就是为了穿越撒哈夫沙漠。因为胖大堡没有军队守卫，所以很快就被攻陷。

等占领了胖大堡的瘦子国军队想折返时，才意识到军队已经在沿路损失了大部分卡车，而且他们也没有船队。虽然他们是入侵者，可如今却陷入了困境。

与此同时，胖子国的船队在铁针海峡被风暴摧毁了。因此，此次战争被命名为"封闭战争"。

基于以上情况，两国只能签订停战协议。超胖国王和布西弗总统在胖达非公海上会晤，并签订了《胖达非停战协议》（1928年7月12日），决议如下：

一、胖达非岛保持中立。

二、允许双方派出船队接各自的军队回国。

三、第二年春天将在胖达非岛召开会议，协商其他细节问题。

四、在胖福元帅的指挥下，胖子国军队于当年10月胜利归师。胖大堡议会请求超胖三十二世更名为"长胜超胖"，并赐予胖福元帅"瘦立德公爵"的称号。

历史书终于读完了，艾德蒙合上书，喝了口汤，真是太美味了！

第五章　在瘦子国

"这座岛是我们所有不幸的源泉。"杜西弗先生说道。

"为什么呢?"提尔耶问。

杜西弗先生从口袋里掏出一本书，递给提尔耶。

"你看过这本书吗?"他问。

"《瘦子国历史》。"提尔耶读了一遍书名，"没有，我只读过《苏菲的不幸》《假期》和《海底两万里》。"

杜西弗先生把书翻到最后几页，非常激动地说:"你给我读!"

提尔耶只得乖乖接过书。

第五十五章

布西弗总统（1925—?）

胖子国难以置信的诉求——封闭战争（1928）&

胖达非协议（1929）

"胖子国？胖子国在哪里啊？"提尔耶问道。

"胖子国，"杜西弗先生皱着眉说，"是一个很奇怪的国家，他们住在海湾另一边。那里的人外形非常可怕，胖得出奇，皮肤像垫子一样柔软，肤色跟西红柿一样红，性格像猫一样懒惰，每天就知道吃吃喝喝，还有睡觉……如果我们放任他们这样发展下去，那么他们就会把这种恶习传播到整个地下，这是最危险的。例如，海湾中间有个小岛叫作瘦立弗岛……你相信吗？可怜的岛上居民们虽然外表看上去是胖子，但内心深处是瘦子。两年前，胖子国人去那里度假的时候，种种怪异的行为可把居民们给吓坏了，所以我们被迫起来反抗他们。"

"所以你们开战了？"提尔耶问道。

"什么？"杜西弗先生很生气，"你居然不知道这事儿？这是历史上规模最大的战争，我们称之为'封闭战争'。"

"为什么叫这么个名字？"

"如果你仔细看看手里的历史书，就会知道两个军队最后都当了对方的俘虏。"

"不是吧?"提尔耶觉得难以置信。

"你自己读吧。"杜西弗严肃地说。

提尔耶继续读书。

　　塔西弗将军是瘦子国的统领，我国政府一向主张和平，这次花了很长时间准备装备，最终成功穿越撒哈夫沙漠。三个星期后，我们顺利占领了胖大堡。

　　不幸的是，同一天，胖子国的军队也登陆了瘦子国的边界，入侵了瘦立德城。他们的船队在铁针海峡沉没了，胖子国军队成了俘虏。

　　与此同时，塔西弗将军也陷入了困境。瘦子国军队在穿越撒哈夫沙漠时，损失了大部分交通工具，无法从胖大堡撤离。"封闭战争"的名字由此而来。

　　1928年7月12日，在胖达非公海上，双方签署了停战协议。在塔西弗将军的带领下，军队于当年10月初胜利归师。战后，他们退到了瘦立－安谷立村。那里也是塔西弗将军的出生地，他当年耕田用的犁现在仍然完好无损。

这时，长长的鸣笛声打断了他的阅读。提尔耶跑到舷窗旁，惊讶地尖叫起来。窗外是一个巨大的港口，矗立着一座座高耸入云的塔楼。这些塔楼宛如一件件杰出的雕塑作品，全都由粉灰色的石头砌成，充满了生机与活力。港口飘扬着瘦子国的红蓝旗，如果这些塔楼不是现在这么残败不堪的模样，那么这里也许是世界上最漂亮的城市。

"你看，"杜西弗先生说，"这片废墟就是胖子国的杰作……"

多亏了杜西弗先生，提尔耶顺利地通过了海关检查（这对没有护照的游客来说可是件麻烦事）。工作人员测量了他的身高、胸围、体重。入境标准是体重不能超过21公斤，胸围不能超过55厘米，超过标准的人会被海关无情地拦在门外。九岁的提尔耶跟瘦子国的居民一样瘦，所以他被准许入境。

杜西弗先生带着提尔耶从港口坐火车来到瘦立德城。火车坐起来很舒服，但是座位很窄，估计只能坐四个瘦子，或者两个地面人，或者一个胖子。沿路也有高高的塔楼，不过没有港口的塔楼高。跟法国的农场不一样，这里的楼房是像一块块积木一样层层叠加上去的。当地人最爱白杨树，猎兔狗则是他们最爱的狗。

"啊!"提尔耶看着这趟特别的列车，突然感慨道，"如果艾德蒙在这里就好了，他喜欢收集世界各国各种型号的列车模型，肯定会很开心。"

但是艾德蒙相隔甚远，提尔耶很想他。列车的车轮开始转动，杜西弗先生说："我们快到瘦立德城了。"

即将映入眼帘的是一座巨大的城市，那里的房子比港口的塔楼还要高。

第六章　沃拉夫首相

艾德蒙到达港口时也很吃惊。那里的房子都是圆滚滚的，屋顶是圆的，房子的外墙也围成个圆形。沃拉夫首相跟艾德蒙解释说，这是胖子国建筑师的伟大发明。

多亏了首相的庇护，艾德蒙过海关没有被拦住。不过艾德蒙还是得先称重。他十岁了，为了能够过关，他的体重要超过30公斤才行。还好，他有32公斤。

看到眼前的一切，艾德蒙目瞪口呆。从他身边走过的胖子个个圆不溜秋、面色红润。前往火车的通道墙上，一根根透明管子上贴着标签：可可、橙汁、浓汤、牛奶……每根管子旁边杯子都堆积成山，只需要按一下按钮就可以装满饮料。女孩子们走来走去，贩卖大块的蛋糕。这里的闪电泡芙像轮胎那么大，玛德琳贝壳蛋糕跟龙虾那么大，但是艾德蒙身上没钱，而且他得跟在沃拉夫首相后面，不敢停下来。

他一看到火车，就幸福得欢呼起来。这是一辆巨型的火车，光轨道就有四米宽，车厢体形相当庞大。沃拉夫首相邀请艾德蒙进了他的私人车厢，让艾德蒙独自一人坐在富丽堂皇的包厢里。他借口要去别处工作，但是艾德蒙却隔着墙听到了他的呼噜声。

不久，一个胖胖的服务生来到车厢，给了他一张长长的餐牌，上面画着让人垂涎欲滴的佳肴。"您可以点餐了。"餐牌上写着：

马拉夫生蚝

波夫鱼子酱

胖大堡龙虾

鳗鱼

……

艾德蒙问服务员："我可以点几道菜？"

"按照常理，都可以点。"服务员觉得他的问题很奇怪。

艾德蒙就这么吃着喝着，一路来到了胖大堡。窗外，体形庞大的动物在草坪上打瞌睡。空中四处都是发光的气球，它们似乎是当地孩子最喜欢的玩具。气球下方是被照亮的房子。真是让人震撼的场景啊！艾德蒙心想：我会喜欢上这个城市的。

但是他还是觉得很孤单。艾德蒙想到了他可怜的爸爸，他肯定在森林里四处寻找他们兄弟俩。"啊！如果他能找到地下通道，来到地下王国就好了！也许我们可以在这里不期而遇。"

"可是，"艾德蒙有些悲伤，"爸爸是瘦子，他只能坐另一边的船去找提尔耶，而我再也见不到他们了。"

艾德蒙认识了很多胖子国人，他打心眼儿里喜欢这些人。他们为人正直，从不说人坏话；他们几乎不会伤心难过，一整天都是开开心心的；他们的谈话内容一大半跟美食有关；他们每时每刻都在吃，吃完了就睡上一刻钟。在胖大堡，生活就是吃完了就睡，睡醒了就吃。

只有一个话题能激怒胖子国人，那就是瘦子国的

野心。可尽管他们的国土因为瘦子国的入侵变成了荒地，胖子国人还是大度地原谅了瘦子国人，希望以后可以跟邻国和平相处。

"很明显，瘦子国人无法理解我们，他们不喜欢吃吃喝喝，也不喜欢笑。虽然我们不尽相同，但这也不是挑起战争的理由，我们不想毁掉美好的家园。"

所有的胖子国人都希望即将召开的胖达非会议可以将两国的争端画个句号。

"你们为什么跟瘦子国打了这么久？"有一天，艾德蒙问沃拉夫的儿子雅克。

"啊！"雅克说，"真的很难跟你解释清楚。说到底，我们跟瘦子国一样，坚信胖达非岛不应该属于任何一个国家。如果这个岛属于我们的话，那么瘦子国就危险了；同样，如果这座岛属于他们的话，我们就危险了。这座岛只能保持中立，只不过瘦子国希望这座岛叫作瘦立弗岛，而我们希望称之为胖达非岛。"

"这样做有什么意义呢？"艾德蒙问。

"对我来说，没啥意义。"年轻的雅克回答，"但是我爸爸说胖子国的荣誉不允许我们在这一点上退让半分。"

"所以你们准备怎么做？"艾德蒙问。

"我跟你说过了啊，一个月后，胖子国将会派三位代表前往胖达非岛会见瘦子国的三位代表，他们会进行和平协商。"

"我们在地面上也经常开会，"艾德蒙说，"比如日内瓦会议、海牙会议、洛迦诺会议、伦敦会议……"

"我们是在胖达非岛开会。"雅克说。

"这么多会，"艾德蒙说，"大家都没时间读书了。"

"我爸爸经常说，"雅克说，"这是我们跟瘦子国的第一次会议，所以要特别谨慎。"

没过多久，沃拉夫首相就让艾德蒙当了秘书。上学时，艾德蒙的字写得最好看，他不知道这个本事居然能派上用场。秘书是一个很光鲜的职位，可以结识这个国家最有权势的人，比如大厨师和大甜品师。他甚至可以见到国王超胖三十二世。

"记得要尊称国王陛下。"沃拉夫首相提醒他。

当他来到国王面前时，着实被国王的大肚子给吓到

了，一句话也说不出，想了半天才冒出一句：

"国王陛下……"

幸好胖子国国王性格很好，特别喜欢笑。他亲切地跟艾德蒙讨论起了地面的美食。

这时候进来了一位穿着红色金边制服的胖子，胸前挂满了勋章（他的肚子有一个法国小村子的集市那么大）。

站在艾德蒙身后的沃拉夫首相小声对他说：

"这是我们伟大的将军——胖福元帅——封号是瘦立德公爵。"

"你好，元帅。"国王开口了，"那么，你愿意出发去胖达非岛吗？"

"如果陛下派我去，我当然乐意。"元帅说。

"把大功臣派去和谈是最好不过的。地面的战争不也是这样？"国王转过头，对着艾德蒙说，"给付出最多的英雄予以嘉奖。"

"是的，"艾德蒙脸红了，"我想您说的是圣女贞德的故事。"

"陛下，"元帅说道，"如果您派我前往，我向您发

誓，我一定能签下长久的和平协议。"

"我当然相信你，元帅。"国王说，"为和平干杯！"

司酒官用小推车推上来一瓶一人高的香槟，把酒倒进一个巨大的金色酒杯。国王和元帅按照胖子国的传统，一杯接着一杯，喝个不停。

喝完酒，国王陛下就去睡午觉了（他每半个小时就要小憩一会儿）。

"元帅，"沃拉夫首相说，"你想跟我的朋友交流一下地面的作战方针吗？他告诉我，他们会挖洞来躲避攻击。"

"我也听说过这事。我甚至还派人去地面执行过秘密任务，学习如何挖沟渠。我想地面上的人是这么称呼的吧。胖子国的士兵需要非常大的沟渠，不然可藏不住。但是首相阁下，您很清楚，胖子国士兵不喜欢劳作，他们更喜欢直接对战。如果能活着回来，就可以恢复吃吃喝喝睡睡的日常生活了……"他转过身看着艾德蒙："挖沟渠都是在户外，你知道吗，我们在户外野炊时做的饭可好吃了……"

接下来的时间里，元帅一直在谈论饮食。

艾德蒙作为首相秘书，参加了胖达非会议筹备的全过程。他很欣赏胖子国人的善心和好意。他们希望跟瘦子国人和平相处，不过他们也拒绝胖达非岛从此改名为瘦立弗岛。艾德蒙觉得他们说得没错。

胖子国人坚信这次和谈一定会成功，和平协议一定会达成，所有的高层都想被派到胖达非岛去。但是代表团只有三个名额，名单已经上交，没选上的人难免有点儿失望。幸好胖子国人不是野心勃勃的人，他们吃过一顿美食后，就忘却了所有烦恼。

出访名单如下：

沃拉夫首相：代表团主席

胖福元帅：瘦立德公爵

朗胖达教授：伯爵、历史研究院主席

之所以选中朗胖达教授，是因为他比其他人更了解胖达非岛的历史，还就此写过一百二十三本专著。

首相认为如果瘦子国对命名有争议的话，那么教授可以帮忙澄清历史。但很多人对这个选择表示不满。

朗胖达教授出生于胖大堡一个显赫的家族——胖达族。这个家族的名字是以"达"字结尾，而不是"夫"字结尾的。他们属于激进派，骨子里流淌着原始的冲动。他们跟胖子国人一样很胖，但是他们的脸和其他人不同。瘦子国人经常说要学会区分胖子国的激进派和温和派。激进派是名副其实的纯血，是这个国家少有的贵族。然而对于这次和谈来说，这个"纯血"的选择并不理想。人们希望首相的温柔和元帅的和平主义精神可以平衡教授的冲动。

出发前一夜，首相告诉艾德蒙，他也将受邀一同前往和谈。艾德蒙一想到自己身为地面人，却能参加胖子国这么重要的活动，就感到非常骄傲。

第七章　卢吉弗主席

艾德蒙成了胖子国深受欢迎的秘书，而提尔耶这边还在学习如何跟瘦子国人相处。

瘦子国人与众不同。首先，他们比地面上的人更加勤奋。提尔耶的爸爸吃过午饭后会喝一杯咖啡，然后休憩片刻，跟孩子们玩耍，或者跟太太聊天。但是任何一个三十岁以上的瘦子国人都不会把时间花在休息上。年轻人喜欢玩球（一种很长很瘦的球），但是每次玩的时候认真得就像是在打一场真正的比赛。

对于瘦子国人来说，时间是世间最宝贵的东西。他们的约会时间可以精确到秒，例如：6点17分3秒，或者3点14分22秒。在杜西弗先生家，一旦到了早上8点和晚上8点，孩子们要是还没吃完饭，那就没得吃了。为了节省时间，全国都取消了午餐。瘦子国人总是站着吃，吃得很快很少。街上没有甜品店，也没有饭店。每顿饭前，杜西弗先生都会站在空空的盘子前，一脸严肃地对大家说:"吃饭是为了活着,但活着不是为了吃饭。"

瘦子国人是天生的数学家,他们每时每刻都在计算。当地通用的货币有金币、银币和铜币。在电车里,女士们要投两个铜币,然后马上拿出小本子记下这笔开销。当然,她们是站着记的,因为车厢里根本没有座位。这个国家最有钱的人是工程师普第弗,他是瘦子国米粉加工厂的老板。普第弗有一辆小轿车,可他总是站在自己的车里出行,因为在瘦子国人眼里,享乐是一种脆弱的体现。他们的房子很高,里面却没装电梯,提尔耶得步行爬上又高又窄的楼梯。

米粉加工是瘦子国的支柱产业,同时,他们也生产香肠和蜡烛。他们对于圆形物体的厌恶使得某些行业难以发展。举个例子,他们不生产轮胎,只能从胖子国进口;相反,胖子国也得从瘦子国进口钢丝线。

瘦子国人专注力很强,他们的各行各业发展得都比地面上好。在瘦子国,火车总是准点出发和到达。在学校,每个人都有同样的课程和作业。提尔耶觉得瘦子国这种标准化流程非常方便，这里的每个人都是值得依靠的伙伴。

唯一让人头疼的就是他们的性格。这里的人并不是坏人，但是他们雄心勃勃，而且嫉妒心很强。只要一个瘦子国人抢到了座位，其他人也会争着想要。在街上，人们经常因为一点儿小事起争执。杜西弗先生总是说同事的坏话。杜西弗的孩子们嫉妒对方，如果你成为了三个人中一人的朋友，那么另外两个人的脸色就会非常难看。瘦子国家长对孩子们很严格，常常惩罚他们，还解释说："这是为你们好。"

杜西弗先生告诉提尔耶，自己无法送他去上学，因为他找不到理由去支付一个外国人的学费。

"你得自己赚学费。"他对提尔耶说，"这是为你好。"

"但是我能做什么呢？"提尔耶问道。

"很多事啊！"杜西弗说，"例如，你字写得好，可以去当秘书啊！"

"秘书是干什么的？"提尔耶不太明白。

"秘书会帮人写信、做笔记，总之就是协助别人干活儿的。"

"但是我一点儿都不喜欢写信。"提尔耶说。

"我不是要你去做你喜欢的事情。"杜西弗先生说，"想要在瘦子国生存下去就得工作……这是为你好……我明天去各个部门问问有没有秘书的空位。"

第二天，杜西弗先生回来后告诉提尔耶，卢吉弗主席一直想招一个地面人当秘书。

一听到卢吉弗主席的名字，杜西弗太太还有孩子们都发出了惊喜的尖叫声。

"你运气真好！"他们羡慕地对提尔耶说。

"谁是卢吉弗？"提尔耶心里纳闷儿。

"他是议会主席兼减肥部部长。"杜西弗先生用庄严的口吻答道。

"具体是做什么的？"提尔耶还不明白。

"卢吉弗是一名伟大的瘦子国人。"杜西弗先生继续说，"他让瘦子国每位公民减掉了一公斤，还把食物配给减少了20%。他会在明天早上6点33分等着你。"

"我？"提尔耶很是不解，"但是我7点才起床啊！"

"嘿，小家伙，"杜西弗先生说，"你得入乡随俗。你每天早起一个小时，一年就多了365个小时，60年就多了21900个小时，也就是说你多活了912天……这是为你好。"

第二天，提尔耶起床的时候天还没亮。等他紧赶慢赶到达减肥部时，还是迟到了一小会儿。在大门口，一个瘦瘦的门卫一边打量他，一边查阅着文件："提尔耶？提尔耶？啊，是的！但是，小家伙，你的会面时间是6点33分，现在已经37分了。快去吧！主席会好好招待你的！"

门卫打通了电话，电话那头传来嗞嗞声。门卫示意提尔耶跟在他后面，走过一个五十厘米宽的走廊，来到一扇皮制大门前。门开了，提尔耶看见办公桌后面坐着一个骨瘦如刀锋的男人，但是他的声音却异常洪亮。

"你就是提尔耶？"他问道，"你可真是个大懒虫，头回见面就迟到了。"

"但是……"提尔耶觉得怪不好意思的。

"给我闭嘴！你在撒谎，话还挺多！"

"但是……"提尔耶想开口辩解。

"给我闭嘴！你就是个混蛋，蠢货！"

提尔耶心想：我还是别开口了，他也许会自己冷静下来。

果然，提尔耶发现只要不回嘴，卢吉弗先生就会马上镇定下来。他如果被人冒犯到，就非得骂上两句来发泄。虽然只是点到为止，但也够瘦子国其他人心惊胆战的了。不过说到底，他不是个坏人。当提尔耶习惯了跟他一起干活儿以后，也就打心眼儿里喜欢上了他。

提尔耶的工作不算太难，他负责接电话，大多数时候只要说上一句"很抱歉，主席很忙"就好了。工作有点儿无聊，但是提尔耶喜欢接电话。八天后，他已经完全习惯了卢吉弗先生的脾气，就算对方对他破口大骂"提尔耶，你就是个混蛋，蠢货"，他也无动于衷。对卢吉弗来说，这句口头禅就跟早上说"早安"一样自然。

卢吉弗有两大优点：他爱祖国，他也爱卢吉弗太太。他的太太经常来办公室看望他。她很漂亮，很温柔，可她比瘦子国其他女人胖得多。提尔耶甚至觉得她可以算作胖子国人。但是如果他真敢这样说出口，卢吉弗先生一定会对他不客气，因为卢吉弗在这个世界上最恨的就是胖子国人。

"他们就是强盗和无赖。"他说。

但是，他很爱卢吉弗太太。

第八章　胖达非会议

和沃拉夫首相出门旅行是一件愉快的事情。大型热气球把整个代表团送到了胖子国海岸的小港口，超胖三十二世陛下的游艇也停在那里。港口所有船只都插着国旗，堤岸上飘舞着一条巨大的横幅："和平万岁！友谊第一！"

海浪仿佛镶上了金边，整个代表团舒舒服服地坐在摇椅上，服务员给每人递上了一张餐牌：

马拉夫生蚝

波夫鱼子酱

胖大堡龙虾

鳗鱼

……

一路上，大家都忙着吃大餐，朗胖达教授趁机又发表起了关于胖达非岛历史的演说，说这座岛本来就是由胖达人建立的。船长把船停靠在距离胖达非岛北边十米远处，岛上的居民们站在岸边挥舞着手绢欢迎他们，岛上插满了两个国家的国旗。瘦子国和胖子国的士兵站在一起，一胖一瘦，看起来很滑稽。五分钟后，瘦子国代表团到了，时间分毫不差。瘦子国代表团的成员名单如下：

卢吉弗主席：代表团主席

塔西弗将军

杜西弗教授

艾德蒙好奇地看着他们下了火车。他特别喜欢火车，还从没见过这么窄、这么长的列车和轨道。他对信号灯也挺感兴趣，两国的信号灯不一样：胖子国这边的信号灯是红绿交错的圆圈；瘦子国那边的信号灯是蓝绿交错的光束。突然，艾德蒙转过身，发出了一声欣喜的尖叫——原米他看见站在瘦子国代表团身后的，正是弟弟提尔耶。

"提尔耶!"他大喊。

"艾德蒙!"

他们绕过整个代表团飞奔到对方身边,四只小手紧紧地握在了一起。他们试图保持冷静,不想引起别人注意,但是两个人都难以按捺住自己的情绪——没有比这更加幸福的时刻了!沃拉夫首相注意到这一幕,忍不住问是怎么一回事。当他得知他的秘书居然是卢吉弗主席秘书的兄弟时,不禁流下了同情的泪水。他认为这个巧合是会议的吉兆;卢吉弗主席却干巴巴地说这不过是个普通的巧合,没什么特别的。

第一次见面,双方代表团都不怎么开心。过去几个月,双方的工人在岛上施工,修建了一座这次会议专用的酒店。他们当然都不愿意把这项工程托付给对方国家的建筑师,关于建筑师的人选也激起了巨大的争议。沃拉夫首相和卢吉弗主席最后达成协议,请来了一位地面上的建筑师,之前他在日内瓦设计的联合国大楼获得了巨大的成功。但是胖子国和瘦子国的人看到成品后，却个个大呼失望。

"真是一座扁平的大楼啊！"朗胖达教授一副厌恶的口吻。

"真是一座厚重的大楼啊！"塔西弗将军一副鄙夷的语气。

原来，因为双方的指令完全相反，建筑师最终决定按照他在地面上的方案去造大楼，结果两方都不满意。

入口的旋转门成了大难题！瘦子国人太瘦了，推不动门，好不容易进了门，又跟着门一直转个不停，半天都出不去。胖子国人的遭遇更加惨烈，他们花了好大工夫才能挤进门，然后又得想办法挤出去。

提尔耶和艾德蒙穿过了电梯和扶梯（它们和巴黎的电梯样式差不多）后终于相聚了。在场的人中，可能只有他们俩欣赏这些电梯。胖子国本土的电梯和扶梯都比较宽敞，因此他们很看不上这座酒店狭小的梯厢。而瘦子国人习惯了爬楼梯，一踏上扶梯就摔跤。杜西弗教授摸了摸被磕伤的膝盖，暴怒的脾气更胜往常。而胖福元帅身上的勋章被挤掉了好几个，只能唉声叹气。提尔耶和艾德蒙明白，这还只是个开始。双方代表团都在抱怨这次会议组织得很糟糕。胖子国人提议工作前先一起吃上一顿，而瘦子国人中午从不吃饭，强烈要求会议马上开始。沃拉夫首相被卢吉弗先生的可怕吼声吓得一哆嗦，马上表示退让，但同时让人准备了大量的三明治和蛋糕用来解馋。

会议大厅中间是一张桌子，地上铺着绿色的地毯，双方代表团面对面坐了下来。艾德蒙和提尔耶站在双方代表团后方，互相做鬼脸。沃拉夫首相本来想提议先选出一位主席，但是卢吉弗先生站起来，先发制人："在开始之前，我想声明两点：首先，在胖子国代表团的名单，也就是媒体发布的那份公告中，胖福元帅后面还跟着个瘦立德公爵的称号，可是胖福元帅压根儿就不算瘦子国人，他只能算是瘦立德城的阶下囚。"

艾德蒙看到他可怜的元帅朋友脸涨得通红。卢吉弗先生继续说：

"其次，我们不接受胖达非岛这个说法，只接受瘦立弗岛这个名字。我们非常清楚地名的更改对双方代

表团来说意味着什么，如果以胖字开头，那就是说这个岛属于胖子国，而不是瘦子国。我不会允许这种事情发生。这一点是我们谈判的基础，如果不解决这个问题，我们就宣布退出谈判。"

正在胡吃海塞的胖子国人闻听此话，面面相觑。朗胖达教授看起来很生气，他贴着首相的耳朵说了几句，然后首相开口了：

"下面由伯爵朗胖达教授，代表我们伟大的胖子国国王发言。"

"先生们，"朗胖达教授开口了，"我们可以理解尊敬的卢吉弗主席的心情，但胖达非岛这个称呼并不是新名字，它跟我们两个国家的历史一样古老。从十二世纪开始，我们伟大的诗人洛萨夫的文字里，就提到了这个名字：

'胖达非岛上开满鲜花的巴旦杏树，

在十二世纪……'"

沃拉夫首相看到卢吉弗主席快要发火了，便微笑着说：

"先生们，为了表明我们谈判的诚意，我在此建议：我们用胖达非这个称呼，瘦子国代表用瘦立弗这个称呼。我想这样的话，双方就不会有争议了。"

卢吉弗先生火冒三丈："我从没听过如此厚颜无耻的提议……朗胖达教授就是个老顽固！"

教授的脸一会儿紫，一会儿白，一会儿红，咳嗽了几声，离开了大厅。首相和元帅面面相觑，不知道该怎么办，只能尾随其后。瘦子国代表也从另一边出去了。大厅里只剩下艾德蒙和提尔耶，他们跑到对方面前。

"瘦子国的人疯了吗？"艾德蒙问提尔耶。

"那倒没有。"提尔耶说，"卢吉弗这个人不是坏人……虽然他说朗胖达是个老顽固，但这些话从他嘴里冒出来不算过分。如果对方没有生气，那么过一分钟卢吉弗就会自己冷静下来的。"

"太遗憾了！"艾德蒙说，"如果你了解胖子国人，

你就会知道他们非常友好谦逊，他们是真心想求和的。"

"你应该跟他们解释一下。"提尔耶说，"因为这次谈判很关键！我了解瘦子国人，只要不冒犯到他们的尊严，他们也是很好相处的。在火车上，我听到他们说宁愿开战，也不接受胖达非这个名字。"

"你不觉得这件事情很可笑吗？"艾德蒙说。

"愚蠢至极。"提尔耶说，"但是如果我们能从中劝说的话……"

"也许有办法。"艾德蒙说，"我们可以在开会时提议保留胖达非岛和瘦立弗岛两种说法？"

提尔耶想了想。

"是的，"他说，"我想我可以让主席接受这点。我们得赶紧了！"

艾德蒙来到胖子国代表团的房间，看见三个大胖子围在桌子旁，他们请人上了一桌好菜。艾德蒙把刚才跟弟弟的谈话转述给了他们。

可怜的元帅因为卢吉弗先生的话陷入了苦恼。"瘦立德公爵这个封号又不是我想要的！"他颤抖着说道，

"我不想再争执了……"首相安慰了他，跟艾德蒙说他可以接受这种并列的说法：胖达非岛或者瘦立弗岛。

卢吉弗先生听了提尔耶的建议后，立马跳脚："如果你认为我会接受这个说法，那你就是个笨蛋，只会做白日梦！"他冷静下来，思考片刻后，继续说，"我只能接受这种并列的说法：瘦立弗岛或者胖达非岛。"

"先后顺序应该不是问题，"提尔耶说，"我觉得这是可以商量的。"

他又跑到胖子国人的房间。可让他吃惊的是，这一次胖子国人跟瘦子国人一样执拗。

"不，不行！"朗胖达教授说，"这不可能！要是我们带着这样的结果回到胖大堡，胖子国人会用石头砸我们的头的。"

这时候，一个瘦子国士兵进来了，带来了卢吉弗主席的口信：这是他最后的条件，不会让步。他已经定好了火车出发的时间，只给胖子国人十分钟接受这个条件。

"开战吧！"胖福元帅失望地说。

"开战啦!"朗胖达教授满意地说。

一刻钟后,胖子国人来到了胖达非岛海岸。因为没时间打盹儿,他们每个人都晕晕乎乎的。艾德蒙用一脸羡慕的表情看着瘦子国的列车沿着细长的轨道往瘦子国开去。

第九章　胖子国和瘦子国之间的新战争

卢吉弗先生回到瘦立德城后，当地人以极大的热情欢迎了他。布西弗总统虽然脸色惨白，但他还是打起精神站在了代表团的最前面。城里的年轻人纷纷涌到街上，目送三位代表回到减肥部，哪怕是最穷的瘦子国人也执意买了旗帜迎接他们。尖尖的塔楼顶飘舞着长长的皇家小军旗，广场上演奏着《瘦子赞歌》。墙上贴着海军和陆军的征兵广告，通知明天一大早5点34分开始征兵。

与此同时，朗胖达教授和他的伙伴们回到了胖大堡，当地居民也抱着一样的热情夹道欢迎。超胖国王专门改了吃饭时间，在宫殿台阶前迎接代表团，感谢他们捍卫了胖大堡的荣誉。老太太们争相给三位英雄献花，在胖达非会议表现最优秀的朗胖达教授受到了最热烈的问候。皇家合唱团唱起了《胖子赞歌》。工作人员将征兵告示贴在气球形状的招牌上，一群小男孩在旁边围观，可他们如果知道战争的真相，也许就不会如此热情了。

艾德蒙参加了首相府的作战协调大会，大家在那里制订了作战计划。胖福元帅自信满满。

"我可以向你们保证，"他说，"这一次，敌人的军队就算通过了撒哈夫沙漠，也会被困在胖达维平原。我不仅会派兵驻守沙漠沿线，还会让胖子国士兵在地面挖一条长长的沟渠。这是我从一个年轻有为的地面人身上学来的，他就在我们身边。"

大家转过身看着艾德蒙，他害羞得红了脸。

"麻烦就是，"元帅继续说，"地面人挖的这些沟渠对我们胖子国人来说太窄了，但是如果太宽了，就失去了保护的意义……好在我们伟大的工程师萨福将军发明了一种沟渠，上端窄，下端圆。这样倒是解决了难题，唯一的不便就是进去容易，撤退难……但是我们主要是打保卫战，所以这个不重要。"

首相很激动，一个劲儿地给元帅的提议鼓掌。他宣称国王特封自己为撒哈夫王子，还说胖子国人都很感谢这位年轻的地面人，决定赐予他艾德蒙男爵的称号。

与此同时，提尔耶参加了由卢吉弗主席主持的瘦子国作战会议。

"会议开始。"卢吉弗先生说，"现在由塔西弗将军对作战计划进行说明。"

"先生们，"塔西弗将军说，"打仗胜在出其不意。去年的作战计划之所以成功，原因有三条。

"一、胖子国人没有舰队，他们无法在铁针海峡重建海军。因此，海上作战对我们是有利的。

"二、基于上述理由，我们不需要担心敌军入侵。

"三、胖子国人向来是慢性子，总是打保卫战。他们肯定会在撒哈夫沙漠沿线等我们上钩。

"因此，我提出如下建议。

"一、派一支军队去占领瘦立弗岛，以此当作商谈的筹码。

"二、我们的大部队要尽可能靠近胖子国边境，在离胖大堡最近的城市埋伏。"

其实，瘦子国和胖子国都无法离开对方的供给，他们生产的配件正好互补。如果战争持续下去，双方都会陷入泥潭。但是他们战后才想明白这点。

"将军，"卢吉弗先生说，"您是一位学者和勇士。无论您需要什么，我们都会倾举国之力支持。"

"我需要198艘运输船，"塔西弗将军回复，"每艘船可以装1003名士兵。"

提尔耶拿出一张纸，迅速记录下将军的要求，包括卡车、大炮、飞机的数量。他有点儿紧张，因为将军会时不时地停下来问他问题：

"每辆卡车32人，如果要装198594名士兵，需要多少辆卡车？"

如果提尔耶回答得不够及时，卢吉弗就会这样骂他："你就是个笨蛋，慢性子！"

提尔耶想：如果我再回学校上学，肯定是算术第一名。

十五天后，瘦子国的特派军队成功登陆胖子国海岸。

提尔耶从没见过打仗，但是经过这次战役之后，他祈祷这辈子再也不要打仗了。他听到耳朵边子弹飞驰而过的声音，然后砰的一声，炸了！他看到他的瘦子国朋友们被打得头破血流。晚上在营地，他总能听到飞机在头顶盘旋的呼呼声。他以前在花园里听到过这个声音，那时候他喜欢看飞机。但现在不一样，一旦有飞机飞过，他就明白一分钟后会有长长的鸣笛声响起，紧接着是可怕的轰炸声。巨大的火球在地面留下一个大洞，四五十个伤员横七竖八躺在那里。

一路向前，他看见被弹药摧毁的村子、受伤的妇孺老人和失去了父母的孤儿们。可怜的胖子国人完全没有还击之力，他们的军队还驻扎在北方的撒哈夫沙漠边界，在沟渠里等着敌人。

胖福元帅试着尽快在南部集结队伍，但是他们很难从沟渠里爬出来。胖子国人行动迟缓，总是慢半拍，一个个命丧九泉之下。相反，瘦子国军队行动迅捷，不到十五天，就来到了胖大堡。

胖福元帅寄希望于最终的城墙一战，鼓足劲要打个翻身仗，结果却全军覆没。这位老军人只能缴械投

降，在塔西弗将军面前耷拉着头。塔西弗将军虽然严肃，但是看着被俘的元帅也于心不忍。胖子国人本来每隔一小时就要进餐，可这位胖元帅已经好几个小时都没吃过一口东西了。

提尔耶在俘虏行列里寻找艾德蒙，却怎么都找不到。

"天啊！"他担心得不得了，"艾德蒙可得好好活着啊！"

塔西弗将军的军队攻进了胖大堡。这个曾经欢快的城市如今蒙上了悲伤的色彩——甜品店都关门了，当地的女士们也穿上了表示哀悼的黑衣。沃拉夫首相站在王宫的入口，脸色苍白。短短十几天内，他瘦了15公斤。

首相身后的提尔耶终于找到了哭哭啼啼的艾德蒙。他想下楼安慰艾德蒙，但是这个楼梯很难爬，如果他下去了，等会儿就再也爬不上来了。他只能耐着性子，一等到典礼结束，就立刻跑去找哥哥。

"你为什么看起来这么难过？"他问道，"你又不是真正的胖子国人。"

“我知道。”艾德蒙男爵说，“但是我跟他们老在一起，习惯了。”

这一次，瘦子国人的态度极其坚决。

布西弗总统的一封电报宣布了协议结果：超胖国王三十二世退位，胖子国包括瘦立弗岛如今都属于瘦子共和国。

第十章　在胖子国的瘦子国人

提尔耶为哥哥操碎了心，想方设法在塔西弗将军办公室给艾德蒙谋了个职位。艾德蒙一开始拒绝了，他不想抛弃他的胖子国朋友们，然而朋友们都鼓励他接受这个职位。胖子国人比较随和，愿意服从，他们也不会拒绝承认自己是战败国这个事实。

一开始，他们很难适应瘦子国军队的行事方式。一个瘦子国上尉约你8点5分见，那就必须是8点5分。但是在胖子国人眼中，8点到12点之间都是可以的。所以双方的磨合比较艰难。

还有，食物供给也是个问题。要喂饱胖子国军队不是一件容易的事，一开始瘦子国想取消胖子国军队一小时一顿的餐食，但是如果不让胖子国人吃东西，那么生性平和的他们就会变得暴躁。塔西弗将军很快就明白了这点，如果他的军队在异国引起骚动就麻烦了。

　　有几个胖子国人为了顺应新时势，偷偷来到减肥中心减肥。但是他们最后都生了病，这样骤然减肥的风险太大。再说，减肥后的胖子国人还是不像瘦子国人，他们的皮肤皱皱巴巴的，两国的人都看不起他们。

　　与此同时，在当地人家中借住的瘦子国军官和士兵发现胖子国人做的饭菜非常美味。艾德蒙在塔西弗将军家吃饭时，将军嘴上说着"要研究一下被俘虏军队的风俗，这样才方便管理"，可事实上，他早就迷上了胖子国的美食。之前提尔耶经常吹捧瘦子国人的坚韧，这一次轮到艾德蒙嘲笑他了。

　　这是塔西弗将军家的新菜单：

马拉夫生蚝

波夫鱼子酱

胖大堡龙虾

鳎鱼

……

超胖国王虽然已经被赶下了王位，但是对塔西弗将军来说，国王仍然有很高的权威，将军经常向他请教各种问题。"他是个普通人，"将军说，"但是他是个理智的人，可以给我很多好建议。"国王始终平易近人，不摆架子，这让将军很敬佩。

"我尽量避免把你跟胖福元帅相比。"国王说道，"他跟了我很长时间，我也很喜欢他。你们是两种不同类型的人，但都有着宝贵的品德。如果我的军队有你这样的人才，那我再次统治胖子国就有希望了。"

"超胖国王很聪明。"塔西弗将军出门时对提尔耶说。

将军对胖子国人越来越包容。与此同时，提尔耶也注意到瘦子国军人变得越来越温顺和懒散。很多瘦子国士兵娶了年轻的胖子国少女。瘦立德城见证了一种新型友谊的诞生。

提尔耶吃惊地看到瘦子国飞速的变化——人们的生活习惯、观念、对话方式，以及他几个星期前熟悉的一切都变了。他把艾德蒙带到杜西弗教授家，教授不情不愿地收留了他们兄弟俩。但这个地地道道的瘦子家庭如今已经大变样了。

第一天，提尔耶对艾德蒙说一定要8点准时到餐厅。结果让人吃惊的是，他们到餐厅时，杜西弗家的孩子们居然还没到。杜西弗先生不耐烦地敲打着餐桌（这个细节让提尔耶和艾德蒙想起他们的爸爸），然后，他叹了口气，说出了那句经典台词："人要吃饭才能活着，但活着不是为了吃饭。"说罢，他一个人吃起了饭。

杜西弗先生吃完饭后，他的孩子们才到。

"你们去哪儿了？"杜西弗先生很生气。

"在房间里啊。"孩子们冷静地回复，甚至连个借口也没找。

"怎么回事？"杜西弗先生发脾气了，"你们居然敢迟到！你们明明听到了8点的钟声！"

"哼……"孩子们有点儿不满，"在胖大堡可没这么麻烦。"

这不是个例。其他家庭也发生了同样的事情。事实上，瘦子国人在战后学会了另一种更加温和的生活方式。军嫂们要求开放甜品店；学校的孩子们要求小卖部供应蛋糕和糖果，就跟胖子国的学校一样；军营的士兵想早上8点再起床，就跟胖子国的士兵一样。

"这种战后的恶习真是害人不浅！"杜西弗先生说，"这会影响我们国家未来的命运……你知道我们吞并了胖子国和瘦立弗岛吗？"

"知道。"提尔耶说道。

"这不是一件不幸的事情，"杜西弗先生说，"但是胖子国人到底是物品还是公民呢？他们能像瘦子国人一样投票吗？他们能像瘦子国人一样颁布法令吗？他们跟我们人数一样多，如果我们允许他们参与投票，那么他们会把他们的饮食习惯和其他恶习都带到我们生活中来的！"

杜西弗先生一想到这点就浑身发抖。

"他们那肥嘟嘟的模样，还有他们的超胖国王！"他说道，"看起来就恶心！"

"我嘛，"艾德蒙对提尔耶说，"我倒希望胖子国人可以参与投票。现在是移风易俗的大好时机。"

"为什么?"提尔耶不明白。

"因为我快饿死了!这里每天只吃两顿饭,你看,我的袖筒都是空荡荡的。"

他说得没错。提尔耶跟哥哥一样担心,第二天,他准备去试探一下卢吉弗先生的口风。

"什么?"卢吉弗简直不敢相信,"什么意思?你这个提议太不严谨了,不像话。"

"主席先生,"提尔耶现在已经不怕他了,"是因为我的哥哥……您要明白,我们都是地面人,所以……"

他犹豫了一下。

"他怎么了?"卢吉弗先生问道。

"他有点儿胖。在你们这里,他老挨饿,所以……"

他把他们跟杜西弗先生的谈话告诉了他。

卢吉弗先生说:"这个杜西弗是个彻头彻尾的笨蛋和懒鬼……如果他跟我一样对自己的国家有信心,就不应该害怕让国民拥有自由……之前你看到了我在战争里激进的一面,那么现在就让你看看和平年代的卢吉弗是什么样的。"

他没多说，但是提尔耶明白是卢吉弗太太在背后帮着说了不少好话，这位主席还是偏向胖子国人的。

第十一章　在瘦子国的胖子国人

公民投票的前夜，卢吉弗先生在禁食广场上用无线电波做了一场演讲，他对全国的瘦子说道："胖子国人和瘦子国人，为什么要恪守体重和腰围这种一刀切的标准呢？低于50公斤就一定是美？这就是你们所谓的政策？这可不是我的政策。看看地面人！他们的瘦子议会主席是个胖子；胖子丈夫和瘦子妻子幸福地生活在一起。让我们向他们学习吧！一起建造一个无坚不摧的新时代！"

这段演讲激起了很多瘦子国人的共鸣，他们纷纷站在卢吉弗先生这边。

之后，杜西弗教授被准许发言："我也不讨厌胖子国人（这不是真的，艾德蒙告诉提尔耶），但是让体重不一样的种族生活在一起实在是非常不健康的建议。瘦子国人太瘦了。如果我们就此屈服，那么我们就看不见未来。"

"他说的也不是全没道理。"提尔耶对艾德蒙说道。

兄弟俩吵了起来，就跟他们以前在地面上吵架一样。

在第二天的投票中，胖子党获得了胜利。在瘦立德城，卢吉弗获得了大多数票。

接下来的几周里，艾德蒙和提尔耶玩得很开心。关口的护照和其他手续都被取消了，胖子国人可以自由出入黄海，因此成千上百的胖子国人都来到了瘦立德。他们还被准许保留以前的服装，所以个个满面春风。这里开设了特色餐厅，甜品店也开放了，一小时提供一次餐食。一开始，古板的瘦子国人看到这些新奇的玩意儿可吓坏了。

瘦立德城创建了一个胖子区，那里的人体重都超过了50公斤。杜布鲁两兄弟离开了杜西弗先生的家，他们在胖子区租了一间小公寓。每天晚上，很多瘦子国人都会邀请他们的朋友来胖子国人家中举行晚会、享受美食。当地人还创建了胖子医院，医生们承诺"每周胖一公斤，三个月内长成胖子国人"。如今，瘦子国人以丰满为时尚，身材苗条的女士们只能靠裙撑才能穿上宽大的裙子。剧院里上演的也是胖子国歌剧。这场狂热的风暴在公民投票三个月后达到了顶峰——前超胖国王来访了！

虽然，他现在的身份不过是一介平民，但是瘦子国人看到他还是非常激动。这位前国王真胖啊！他走进剧院时，观众们情不自禁地大声合唱起了《胖子赞歌》，目送他一路走到最前排，和卢吉弗主席肩并肩坐在一起。

老一辈瘦子国人感到很不安，他们的担忧并非空穴来风。接下来那个月，两个国家同时进行议会选举，旨在选出议会代表，结果居然是胖子国人获得了多数票。不仅议会由一个胖子国人担任主席，管理部门、私营企业内部也都是胖子国人占据了好职位。一开始，瘦子国人笑话他们的慢性子、懒惰，还有无所谓的态度。而如今，胖子国人却比瘦子国人更受青睐，因为他们性格更加温顺，而且抗压能力和适应能力都更强。提尔耶把艾德蒙也招进了减肥部，艾德蒙是第一秘书，他自己是第二秘书。

一天早上，提尔耶再次鼓起勇气找到卢吉弗主席。

"你们现在准备怎么办，主席先生?"他问道。

"什么怎么办?"卢吉弗先生说。

"怎样管理这样一个越来越胖的国家啊?"

卢吉弗先生揪住提尔耶的耳朵。

"啊啊!"他大喊，"你就是个天真的小屁孩!"

第二天早上，瘦子国颁布了新法令，内容如下：

一、恢复超胖国王三十二世的王位，他将担任新一届胖子国和瘦子国联合王国国王。

二、废除减肥部，由卢吉弗主席担任联合王国首相。

三、超胖国王三十二世没有任何实权，联合王国保留瘦子国宪法。

四、国旗采用联合王国国旗——胖子国国旗和瘦子国国旗合二为一。

上述法令受到了两国人民的广泛欢迎。为了给和谈画上圆满的句号，加冕仪式在岛上举行——这座小岛原本是诸多磨难的源头。

但还有一个问题亟待解决——这座岛到底叫什么名字？瘦子国人不想叫它胖达非岛；而瘦立弗岛这个称呼不仅被胖子国的祖先和大部分人民所唾弃，超胖国王也无法接受。最后，卢吉弗首相出面了：

"我们只能将此事托付给国王陛下抉择了。"

皇家舰艇出发前往加冕现场。官方文件里闭口不提小岛的名字。国王走上岸，看见粉红色玫瑰花浪覆盖着小岛，从山丘一路铺到海岸线，连绵不断。国王本来半闭半张的眼睛一下子瞪圆了，他身旁的首相还有部长们也惊讶到说不出话。

"我们把这座小岛叫作玫瑰岛如何？"国王缓缓地开了口。

"陛下，"卢吉弗首相说，"我怎么没想到……我就是个笨蛋。"

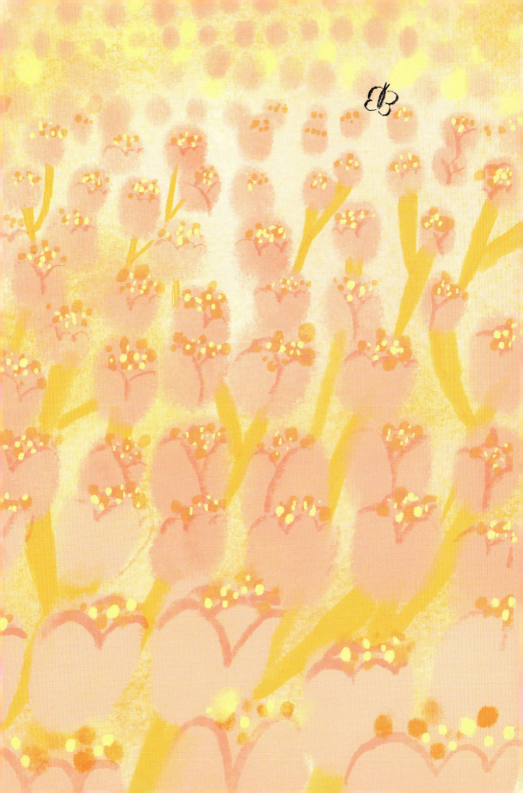

第十二章　回家

加冕仪式结束后不久，卢吉弗的两个秘书要求回到地面。他们在这里享受的待遇并不差，但是他们想回去看看父母。爸爸肯定担心坏了，也许警察已经在全法国展开了搜救工作。他们得回家了。兄弟俩之前一直在犹豫，是因为他们觉得自己能对促成两国和谈起到积极作用。如今一切进展顺利，超胖国王和他的首相、臣民相处得非常好，艾德蒙和提尔耶可以放心地离开了。

卢吉弗首相很理解他们的心情。他一边揪着他们的耳朵说"杜布鲁兄弟们，你们真没良心，两个懒鬼"，一边下令派人准备他们的护照。他甚至准许他们最后去胖子国旅行一次，再从胖子国港口坐船回到地面。就这样，在离开地下王国之前，他们依依不舍地看了这个国家最后一眼。

前往胖大堡的旅行非常顺利。超胖国土三十二世原先的宫殿得以保留，他现在每年在两个首都各住半年。胖达家族并没有原谅他的行为，他们觉得这是彻头彻尾的背叛。朗胖达教授现在领导了一支"纯血胖达"派，想要复辟君主制，还不断地拉拢君主的儿子。他幻想着让这个年轻人以"极胖国王二世"的称号加冕。

艾德蒙和提尔耶跟当地人聊了几次天，大部分胖子国人对现行体制还是满意的。他们的饮食和午睡习惯都保留了下来，他们的气球也还在空中飘浮着。艾德蒙去拜访了他的老朋友——前首相沃拉夫，这位老人家如今退休了，过着平淡的日子。

沃拉夫先生用他的气球把两兄弟送到了港口。人们正在重建战争中被摧毁的建筑，气球的光芒照亮了港口的金边穹顶。这场空中旅行真是令人愉快呀！

在关口，提尔耶告诉海关人员：

"我们要去地面的楼梯，谢谢。"

"你们的护照呢？"

"给。"

海关人员花了好长时间检查他们的护照，然后开口说：

"可以通行！"

兄弟俩在车站转了一圈，来到了电梯口，隧道的拱门已经打开了。海关人员按了下按钮，铁门随之升了上去，另一位工作人员出现了。顺着"哐当哐当"的机器声瞧过去，他们看到了之前坐过的扶梯。

工作人员来到柜台，说道：

"两个地面人……两个。"

他不敢继续多话，以前他可能会说"一个胖子……一个瘦子……"，但是现在地下联合王国禁止按体重把人分成三六九等。

扶梯一路向上，两兄弟的心跳越来越快。他们能找到父母吗？怎样从枫丹白露回到巴黎？在法国，没钱怎么旅行啊？！想着想着，他们注意到头顶有一道白光，越来越亮，照亮了整个隧道。原来是到了地面。

他们像疯了一样，一路从巨大的洞穴狂奔到那对岩石脚下。突然，他们听到了呼喊声：

"呜呼！呜——呼！"

原来是爸爸的声音。

他们使尽全力回复：

"呜呼！呜——呼！"

艾德蒙和提尔耶不知道自己是怎么爬上那两块岩石的。他们手脚并用，一个托着另一个，一个拉着另一个，跌跌撞撞，气喘吁吁，终于爬到了地面。十秒钟后，他们看到了爸爸，他有点儿着急，但还算镇定：

"嘿！你们在这里啊！我还有些担心……"

"爸爸，"提尔耶问道，"你等了我们十个月吗？"

"才没有，"杜布鲁先生笑了，"我等了不到一个小时。"

原来地下联合王国没有太阳也没有月亮，那里的时间比地面的时间过得慢，地下的一秒相当于地面的七千分之一秒。

献给杜布鲁兄弟

他们为地下联合王国的复兴贡献了真知灼见

36000 个愿望之国

第一章　米雪儿

"法老……做了一个……梦。"奥利维耶说，"好像是……在尼罗河边……七头……胖羊……从河里走出来……"

"奥利维耶，你闭嘴。"米雪儿说，"我在背寓言故事，你说话会让我分心的。"然后她第十次念道："'嘴里叼着一块奶酪。'"

"沙……沙漠……"杰拉德说，"是一块……荒芜的……大地。火山……是一座从火山口……喷射出……火花……和熔岩的山。"

"杰拉德，闭嘴。"米雪儿说，"我在背寓言故事……'嘴里叼着一块奶酪。'"

不，她到明天都背不完这个寓言故事，布瓦尔小姐会生气的。这两兄弟真是讨厌！此时，她已经没有兴致继续背寓言故事了，只想收拾抽屉。她喜欢给衣服分门别类，叠放整齐。

"孩子们，都去睡觉吧！"布瓦尔小姐说道。

"法老……做了一个……梦。好像是……在尼罗河边。"奥利维耶说。

"沙……漠……是一块……荒芜的……大地。"杰拉德说。

"……'嘴里叼着一块奶酪。'"米雪儿说。

"你们三个都去睡觉！"布瓦尔小姐拍了拍手，"快点儿去睡。"

"老师，"米雪儿说，"我睡不着，我不想睡。"

"孩子们，你们可没有36000个愿望可以实现。"布瓦尔小姐说，"赶紧去睡觉。"

米雪儿很不情愿地脱起了衣服。她今天一整天都过得不开心：吃晚饭之前，她没给布娃娃做成裙子，想给婶婶写感谢信也没写成。在餐桌上，她本来想给大家讲个有趣的故事，但是爸爸请了一个朋友来吃饭，让她不要插嘴，大人们要谈论严肃的选举话题。吃完饭，她本来想背寓言故事，但是她的弟弟们实在是太吵了。现在人人又赶她去睡觉。如果大人们天天被人指挥来指挥去也会不开心吧!

"啊!"她自言自语,"我想知道是否有一个国家,在那里我们可以实现36000个愿望。"

她把头靠在枕头上,整个人平躺下来,想到明天的课就焦虑到睡不着。伊沃娜·勒菲弗肯定背完了寓言故事,她明天的听写肯定是满分。真是气死人了,伊沃娜每次都是第一名!米雪儿也很勤奋,但是她很容易分心。整理抽屉能让她安静下来。

她就这么睁着眼睛一直想。过了十来分钟,她看到有一道光从门缝里钻进来,好像是从爸爸妈妈的房间射出来的,这束光线越来越粗,竟然变成了太阳。同时,床上的白色床单铺满了沙子,米雪儿独自一人,站在一片荒芜的大地上。"看啊!"她说,"这就是沙漠。"她环顾四周,放眼望去,到处是高高的沙丘。这里没有大海的影踪,只有烈日下的白色沙子闪着光。沙子太干,没法堆沙堡,再说米雪儿也没有水桶和铲子。

"要尽快走出沙漠,不然我会又饿又渴的。也许,

我可以在远处找到什么标识。"

走了一刻钟，她看到一处沙丘，顶端有个洞在冒烟。

"看啊！"她说，"是火山！那个开口就叫作火山口。"

她走近一看，一股滚烫的熔岩从火山口流出来，在山坡上形成了一排字，她细细读了读：

36000个愿望之国（魔法国）
2488 公

"'公'是什么？"她表示不解，"是指公斤，还是公里？不清楚啊……如果我能遇到一位警察就好了……"大人说过，迷路找警察准没错。

话音刚落，她就听到一阵风声，一个奇怪的老先生挥舞着手臂朝她走来。他戴着一顶高帽，身体好像是石头做的。他的头半扭过去，米雪儿只看得见他的侧面。老先生低声念叨着："三只公鸡，三只母鸡。天啊！这是什么梦啊？"

"先生!"她冲他大喊。

"叫我法老。"这位老先生语气很严肃。

"法老,"她乖乖地说,"我迷路了。"

"离这里五分钟的距离,有一个骆驼驿站。"他耸了耸肩,"……七头胖骆驼,七头瘦骆驼……我带你去那里吧,如果你愿意帮我解释梦境的话。"

"什么梦?"米雪儿坐在火山脚下。

"是这样的,"法老说道,"首先,我看见宫殿里有一层巨大的粉红色花岗岩楼梯。"

"花岗岩是什么东西?"米雪儿问。

"就是一种石头。"法老又耸了耸肩,"不要提问,你是帮我解释梦境的。在楼梯上,我看见了三只公鸡,它们一级一级跳上来,然后又是三只母鸡,它们都跳进了我的宫殿里……这就是我的梦。你觉得这是什么意思呢?"

米雪儿很尴尬,她想了想,觉得这个梦没有任何意思。但是她不敢说,因为她害怕惹恼法老。她想着怎样说才能让他开心。

"我觉得……"她想了想，"你会先有三个儿子，然后再有三个女儿。"

"这样啊？好吧，谢谢。"法老叹了口气，好像安心了些。

法老带着她沿着沙丘转了一圈，然后左转来到一条小路。在路上，他问她：

"我们现在是在做梦吗？"

"我不知道。"米雪儿只能老实回答，"如果我知道答案，那么我就应该醒过来了，所以我没有在做梦。"

"这样啊？好吧，谢谢。"法老说。

过了一会儿，米雪儿见到了长长的骆驼队伍，它们跪在地上排成一排。

"这些骆驼看起来脏兮兮的。"她仔细打量着，"骆驼客[1]在哪儿呢？"

"骆驼客？……就是你自己啊。"法老说。

"但是如果我没有来呢？"米雪儿问道。

"骆驼不需要骆驼客。"法老说，"你就牵走第一

1　骆驼客是专门负责牵骆驼的人。

头骆驼吧。这群骆驼嫉妒心很强，你骑上去后，记得拍拍它的右耳，这是表扬它的意思……然后对它说：去魔法国！"

"可是我更想回家啊。"米雪儿说。

"不不，"法老说，"我强烈建议你去魔法国。那是一个神奇的国家，你想做什么都可以。"

"什么都可以？"米雪儿重复道，觉得这个说法简直不可思议，"可以玩上一整天？吃上好几个冰栗子？半夜12点再睡？"

"是的。"法老说，"想做什么都可以。"他低下头，略带一丝忧伤。

"那真是做梦都想做的事情啊，我得去试试！"米雪儿高兴极了。

她爬到第一头骆驼的背上，倾身向前，拍了拍骆驼的右耳。然后她大喊一声："去魔

法国！"骆驼艰难地起身。她听见法老低声说："四头绿老虎，四头蓝老虎……"她害怕还要跟他解释这个梦。还好骆驼跑得飞快，她一下子就看不见法老的身影了。她也无暇多想，因为在驼背上很难挺直身子。骆驼一路飞奔，坐在上面的人就像是在水面晃荡的船只。沿路一片荒凉，白色沙漠闪着光，一眼望不到头。

第二章　好迷惑先生

米雪儿骑着骆驼走了很久。两三个小时过去了，她终于在沙漠中看见了几棵松树。眼见远方有个黑影，骆驼就停了下来，她顺势从骆驼身上滑下来。松树上挂了一个牌子，上面写着：

魔法国事宜
请向好迷惑先生咨询
后勤部乌鸦

她走近一看，发现松树树桩里有一个洞，就像是车站或者剧院门口的柜台。她敲了敲门，没人回应。于是，她使劲敲了敲，这回，她听到有人说：

"咳咳咳……来了……"

柜台门打开了，只见一只老乌鸦戴着一副眼镜，头上一顶黑色无边软帽，穿着一件黑色驼毛西装。

"您是好迷惑先生吗?"米雪儿问道。

"咳,我是的。"乌鸦回答。

米雪儿很想开口问:您的黑羽毛是……? 然而她害怕冒犯到他,只好说:

"乌鸦先生,我不明白发生了什么事。我本来躺在自己家的床上,突然,我就来到了沙漠……然后我遇到了一位石头老先生,他说他是法老,建议我去魔法国……所以,我骑上骆驼来到这里……我不知道接下来要怎么做……您能让我进去吗?"

乌鸦扶了一下鼻梁上的眼镜,认真地看着米雪儿,然后开口说:

"但是……你是仙女吗?"

"不,我不是,乌鸦先生。"

"那就不好办了,只有仙女才能进入这片魔法森林。你想成为仙女吗?"

"当然想啊!"米雪儿迫不及待地说,"我可以吗?"

"咳,"乌鸦拍了拍翅膀,"咳……我想你可以先参加个考试。"

"什么？"米雪儿问，"要参加考试才能成为仙女？"

"咳，"乌鸦说，"你要回答下面三个问题。如果你的回复让我满意，那么我就把你登记在仙女的名单里；如果你的回复让我不满意，那么你就得骑着骆驼，消失在这片沙漠里。你准备好了吗？"

米雪儿很激动，她巴不得通过这个考试，可脑子里一团糟。"如果他问我法老、沙漠的话，我还可以回答出来，但如果是法国历史……"她开始背诵，"高卢人喜欢火、太阳和打雷。"

乌鸦打开一本书，取下眼镜擦了擦镜片，咳了三下，宣布考试开始：

"数学题：8乘6是多少？"

"54。"米雪儿回答。

"你确定吗？"乌鸦问。

"我……确定。"米雪儿说，"没错吧？"

"咳，算是吧。"乌鸦回答。

"什么?"米雪儿很吃惊,"咳咳……不好意思,您也不知道吗?"

"小姐,"乌鸦一脸威严,"你忘了我是来提问的,不是来回答问题的。"

然后他嘀咕了一句:

"反正在魔法国,
8乘6是多少都可以。"

然后他继续提问:

"拼写题:poulailler这个词怎么拼?"

"啊,这个简单!"米雪儿脱口而出,"p-o-u-l-a-y-é。"

她记得最后一个字母上有特殊字符,实在是为自己的回答感到骄傲啊!然后她自信满满地问道:"没错吧?"

"咳,算是吧。"乌鸦回答。

"如果您也懂拼写的话,那就肯定没错了。"米雪儿说。

"我懂不懂跟考试结果没关系。"乌鸦还是板着一张脸，"现在，你可以背一个寓言故事吗?"

"好的。"米雪儿有点儿紧张，"我会《乌鸦和狐狸》[1]这个故事。"

"我不喜欢这个寓言故事。"乌鸦的语气很生硬。

"我还知道《知了和蚂蚁》。"米雪儿说。

"就这个故事吧。"乌鸦建议。

这是她很久以前学的故事。于是米雪儿开始了：

"知了知了唱没完，

一唱就是一夏天，

家里没有剩存粮。

'天热时节干什么?'

蚂蚁责怪借贷者，

'你就只知道跳舞。

---

1 《乌鸦和狐狸》是《伊索寓言》里的一篇故事。狐狸为了吃到乌鸦叼着的肉，哄骗它唱歌，倒霉的乌鸦一张嘴，肉便掉到了狐狸嘴里。

而我有存粮不怕。

现在开始唱歌吧！’”

“我有点儿忘记结尾了。”米雪儿有些不好意思。

“我没注意……”乌鸦说，“我喜欢你这个寓言故事。”

“我也喜欢。”米雪儿说，“因为这个故事很短。”

“你品位不错，”乌鸦继续说，“跟我兴趣相投……我把你列入仙女的名单吧。你的称号是什么？你有什么优点？”

“称号是什么意思？”米雪儿问。

“就是你叫什么名字。”

“那你刚才怎么不这样问？”

“我说的就是这个意思。你叫什么名字？”

“我叫米雪儿。”

“几岁？”

“七岁。”

“你有兄弟姐妹吗？”

"有两个弟弟和一个妹妹。"

"你在班上第几名？拿过第一名吗？"

"从没有过。"

"那我把你列入小仙女的行列。"乌鸦点了点头。

他从身旁拿起了一张卡片，定睛看了一眼，用力在上面写了些什么。然后把卡片递给了米雪儿。乌鸦的字写得很好看，就像是印刷出来的一样。米雪儿读起来一点儿也不费劲。

米雪儿小姐为二班仙女，被允许在魔法国全境出行，她可以在那里实现她的36000个愿望。

女王授权好迷惑先生颁发

后勤部乌鸦

第三章　天空小姐

乌鸦好迷惑先生对米雪儿说："现在，去领你的袍子、翅膀还有魔法棒。"

"我还有翅膀和魔法棒？"米雪儿很惊讶。

"那是当然。"乌鸦说，"恭喜你。"他朝米雪儿伸出一只爪子。

"为什么？"米雪儿不明白。

"因为你被提名为仙女啦！这可是莫大的荣誉。"

"但是这不是你提名的吗？"

"没错。我恭喜你被我提名为仙女，这是莫大的荣誉。"

"好吧，那你为什么不给自己提名呢？"

"因为我更喜欢做乌鸦。"

他从柜台钻出来，跳到地上，把眼镜收起来夹在翅膀下面，示意米雪儿跟在他身后。他们在森林里安静地走了一段路，然后来到了一棵巨大的橡树前，上面有个牌子写着：

36000 个愿望之国

材料部

魔法棒　　2 楼

飞行部　　3 楼

成衣间　　4 楼

乌鸦先生按了一下藏在树桩里的小按钮，一扇门打开了。

"哇哦！"米雪儿情不自禁地感叹道，"这电梯可真壮观啊！我弟弟奥利维耶肯定会喜欢的，他可爱电梯了！"

"那你呢？"乌鸦问道。

"我吗？我喜欢乌鸦。"

乌鸦脸红了，用翅膀轻抚着米雪儿的脚。

"你真是个勇敢的小仙女。"他说，"听我说，你进入电梯后，轻轻关上门，按下成衣间按钮，等电梯停下来，你再走出去……"

"然后我要把电梯再送回起点吗？"米雪儿问。

"随便。"乌鸦说，"你是仙女，你想做什么都可以。出了电梯，右手边有间办公室，门板上写着：天空小姐。你敲门就行，天空小姐负责仙女的服装。"

"她是好人吗？"米雪儿有点儿忐忑。

"她穿着很得体。"乌鸦回答。

然后乌鸦把米雪儿推进了电梯。

电梯升得很快，米雪儿很担心电梯会穿破顶层，冲出大楼。还好，橡树电梯在四楼停下了。米雪儿走出去，看见了天空小姐办公室的大门，于是轻轻地敲了敲门。

"请进。"一个嘶哑的声音招呼道。

米雪儿走进门，看见一个穿着黑色丝绸袍子的老太太，她有一头银色鬈发，头上戴着一顶白色无边软帽。

"你好，小姐。"老太太说道，"你是？"

米雪儿把之前乌鸦给她的卡片递给老太太。

"我是米雪儿仙女。"她回答。

"没问题。"天空小姐说,"我们马上来处理你的事情。"

米雪儿跟在天空小姐后面,一起走上了一个螺旋状的扶手梯,来到橡树顶端的天台。天台被茂盛的枝叶包围着,只看得见头顶的一小片天空。

"袍子在哪儿啊?"米雪儿问道。

"这里。"天空小姐指向天空,"仙女袍是用五种不同的材料制成的:蓝天、蓝天加白云,还有不同颜色的落日、旭日和星空。"

"但是你们要怎么剪裁呢?"米雪儿还是不解。

"你会明白的。"天空小姐说,"你想要蓝天吗?"

"是的,"米雪儿点点头,"我不想要白云。"

天空小姐大喊一声:"朱庇特!"

一只巨大的老鹰应声飞了过来。米雪儿从来没见过这么大的鹰。

"朱庇特,给米雪儿仙女剪一条蓝天袍子!动作要快,拜托你了。"

老鹰飞走了。五分钟后,它又回来了,嘴里还衔

着一块折起来的蓝天。

"哇哦！"米雪儿喜欢极了，"太漂亮了！"

这是她见过的最美的蓝天——它是一片浅浅的蓝色，虽然看不见白云，但是可以猜到朱庇特剪蓝天时有一片片隐形的白云飘过；虽然看不见星星，但是可以猜到里面藏着一颗颗隐形的星星。

"来摸摸看，"天空小姐说，"还是温热的。"

她把这块蓝天展开，披在米雪儿身上。片刻的工夫，这块布就化作了一件贴身的袍子。

"你身形柔软，"天空小姐说，"就像是……"

她很想开口说像真正的仙女，但是又担心有点儿夸张，于是她把话吞回去了。

"我的翅膀呢？"

"这是第二步。首先得称重。"

"为什么？"

"因为翅膀的尺寸取决于仙女的重量。"天空小姐说，"你这么瘦，得配一副更加轻盈的翅膀。"

房间里有体重秤，米雪儿看见了一张大表格：

重量	翅膀
15公斤	0.55米
16公斤	0.56米
17公斤	0.57米
18公斤	0.58米

体重秤显示米雪儿有25公斤。根据表格，她的翅膀长度就是0.65米。

"我们去翅膀仓库。"天空小姐说，"你想要什么款式？旧款是鸵鸟毛的，新款是丝绸加铝框架。"

"最好的款式是哪种？"米雪儿问。

"最新款飞得最快，"天空小姐介绍道，"但最老款是最高贵的。"

"那我要最快的。"米雪儿说。

天空小姐叹了口气。

"好吧！"她说，"新来的仙女都选最快的……我的鸵鸟毛也开始腐烂了……那么给你，0.65米……

单翼的。我们也有双翼的，但是你这个年纪，我不建议，它太重了……等一下，我来亲自给你安上翅膀。"

天空小姐把翅膀固定在米雪儿的胳膊上，耐心介绍了翅膀的使用方法。

"落地的时候要特别小心。"她嘱咐道。

"落地是什么意思？"米雪儿不明白。

"就是落在地面上。"

"那如果是落在海面上呢？"

"那就是落海。"

"那如果是落在湖面上呢？"

天空小姐一脸窘迫的表情。

"我不知道……反正就是落下来的意思。"她说，"无论如何，落地那一瞬间翅膀要收起来。小姐，千万要记得减速……一开始，很多仙女都会落地太快，这很容易出事故。还有，在城市上空飞行时，要注意电线……来，给你魔法棒！"

魔法棒就是一根小小的木棍，看起来跟香榭丽舍大街上孩子们手里的玩具没什么两样。

天空小姐手持一根魔法棒，走到一个水缸前，缸上有张标签写着：

充满想象力的水

她把魔法棒伸进水缸，不一会儿，魔法棒就变得像玻璃一样透明，还透着金光。

"好了。"她把魔法棒递给米雪儿，"现在你可以施法术，变出你想要的东西了。"

"这根棒子会很脆弱吗?"米雪儿问。

"不，不会。"

"我可以试试吗?"

"当然可以。"

"我的弟弟们和我，"米雪儿说，"我们想要一辆小汽车，跟大人开的车一样，要有马达的，一辆真正的小汽车。"

"没问题。"天空小姐说，"现在把魔法棒指向地面，然后想象一下你想要的汽车。"

"然后车子会从地底下钻出来？"米雪儿有点儿吃惊。

"不。"天空小姐说，"它会凭空出现。"

"这不可能。"米雪儿不太相信。

"你试试吧。"

米雪儿把魔法棒的一端指向地面，突然，一辆红色的小汽车出现在她面前。车子不是从地底下钻出来的，而是从空中冒出来的。

"哇哦，我太高兴了！"米雪儿欣喜若狂，"我可以开车去魔法国吗？"

"不可以。"天空小姐说，"你可以飞到魔法国，但不能带走这辆车，不过这都无所谓，等到了魔法国，你还可以变出一辆、两辆，甚至是十辆汽车……"

"真的吗？"米雪儿有点儿难过，"可那不是同一辆啊。我什么时候出发呢？"

"马上就可以。"天空小姐说，"我带你去出发点。"

第四章　空中旅行

这里有一片宽阔的草地，四周都被树木包围着。入口处有块牌子，上面写着：

仙女飞行训练基地

牌子挂在两棵椴树之间，左边的椴树旁有个柜台，上方写着：

试飞事宜

请向温柔爱先生咨询

服务部鸽子

天空小姐敲了敲柜台。

"咕咕咕……"

"温柔爱先生！我是天空小姐。"

接着，柜台的门打开了，一只鸽子伸出头，友好地打招呼：

"咕咕咕……我能为您做什么，亲爱美味的天空小姐？"

"温柔爱先生，这是米雪儿仙女，她要出发去魔法国，我把她托付给你。米雪儿需要接受训练，她从没飞过……所以，再见了，米雪儿仙女，祝你愿望成真！"

"为什么说'祝你愿望成真'？"米雪儿问。

"在魔法国我们不说祝你好运，因为愿望比好运更重要。"

"有道理。"米雪儿说，"那祝我愿望成真吧！"

天空小姐离开后，米雪儿转过身看着鸽子。

"咕咕咕……"鸽子说，"这位美丽迷人的蓝天仙女以前飞过吗？"

"从来没有。"米雪儿诚实地说。

"这样啊，"鸽子一脸和蔼的表情，"我来给你上第一课吧，小可爱。"

他从柜台后面飞到米雪儿肩膀上，检查翅膀是否安装好了。

"可以，"他说，"这小翅膀很迷人，你可以飞了。但是要注意，小可爱，所有的事故都是突然发生的。通常人类只觉得'鸽子会飞'是一件再自然不过的事情，但其实任何事都不是自然而然发生的。鸽子也需要学习飞行。"

他向米雪儿解释了鸟儿是如何飞行的。空地上，有很多白色的鸽子在为年轻的仙女们指导飞行。温柔爱先生是他们的首领，他对米雪儿说有一些仙女虽然从未挥舞过翅膀，但天生就会飞行。

"她们是怎么做到的呢?"米雪儿很好奇。

"是这样的，"温柔爱先生说，"她们知道如何利用气流。你知道的，就像在水里，巨大的海浪会把你推到远方。气流是一个道理。"

在温柔爱先生的请求下，一只燕子向米雪儿示范了如何降落在一棵树上、如何钻入树洞，以及如何降落在鸟巢里。

"我来试试看。"米雪儿跃跃欲试。

"是的，你来这里就是为了学这个。"鸽子说道，"试着拍拍翅膀，飞上几米……第一次不要飞太远。"

米雪儿模仿其他鸟儿拍打着翅膀，结果一下子就飞到了十米高空处。她吓得停止了拍打翅膀，立马坠了下去。

"降落之前别忘记轻拍翅膀。"鸽子在远方喊道。

于是，米雪儿定了定神，轻拍翅膀，直至缓缓落地。

"不错嘛！"鸽子先生夸奖道，"你的姿态很优雅，落地很稳。我们再飞上几轮，之后你就可以出发去魔法国了。"

"我怎样才能到魔法国呢？"米雪儿问道。

"很简单，"鸽子说，"魔法国位于南方。现在是中午12点，你跟着太阳的轨迹走就行了。你学过怎么辨认东南西北吗？"

"学过。"米雪儿回答，"如果我正向太阳，那么我的右边就是东边，左边就是西边。"

"没错。"鸽子说，"只不过事实正好相反。魔法国到处被苹果花覆盖着，你不会迷路的。朝太阳飞去，经过一片大森林，远处有一块白色领地，那就是魔法国。不要试图降落在树枝上，那会折断你的翅膀的，到时就没人可以帮你了。降落后，沿着魔法国最长的航线走，那是给女王送信的鸽子走的路线，沿路的树尖儿都是金色的。"

"哪位女王？"米雪儿问道。

"仙女女王，"鸽子回答，"我们那疯狂且迷人的女王……咕咕咕……"

他给米雪儿上了一堂飞行课，然后才允许她离开。

米雪儿飞离地面，来到了森林上方。空中还有些小仙女，她们有的飞得很稳，偶尔在树木顶端休憩、蹦蹦跳跳，然后再次展翅飞翔。这应该是经历丰富的仙女。其他的小仙女跟米雪儿一样都是初次飞行，不免有些笨手笨脚。如果遇到了逆风，她们会停下来休息几分钟；要是倒霉遇上了气流，她们就会突然下落十米。

米雪儿刚刚下落了几米，好不容易找到了平衡，平复了呼吸。突然她听到身后有人在喊：

"米雪儿，等一下，等等我们。"

"不是吧，"她暗自嘀咕，"我肯定是太累了，都出现幻听了。飞行下坠的感觉就像是呛水。"

她这样打比方是因为跟飞行相比，她的游泳经验更加丰富。

"米雪儿，米雪儿……"

她转过头，非常吃惊地看到了她的两个同班同学——奥黛特·桑博耶和艾莉安·克罗勒。她们是全班倒数第一名和倒数第二名，但是米雪儿很喜欢跟她们玩。她放慢速度，让她们两个赶上，然后问道：

"你们怎么也在这里？"

"跟你一样啊！"奥黛特回答。

"你们也参加了乌鸦先生的考试吗？"

"那是当然。"

"你们知道答案吗？"

"咳，算是吧。"艾莉安笑着说，"如果我们不知道答案，也就无法来到这里了。最奇怪的是，伊沃娜被淘汰了。你相信吗？我们班的第一名居然被淘汰了！"

"不是吧？她的问题是什么啊？"米雪儿问。

"她的问题是：8乘6等于多少？"

"她回答什么？"

"她回答说：48。"

"啊！"米雪儿很吃惊，"事实上，应该是54……奇怪了，伊沃娜不是把乘法表背得滚瓜烂熟的吗？"

"谁知道呢！"奥黛特说，"乌鸦先生很生气，让她回去了，她整个人垂头丧气的。"

"其实飞行并不好玩。"艾莉安说。

"没错。"米雪儿说，"要像鸽子一样飞，把双手举起来，大喊：奥黛特飞啦！艾莉安飞啦！"

"我们头顶那只大鸟是什么鸟？"艾莉安问道。

"我想那是一只老鹰。"米雪儿说，"你们没见过朱庇特吗？"

"啊，见过。"艾莉安说，"我们还见到了温柔爱先生，他可真是位绅士……他说我很美味。"

"他夸我很可爱。"奥黛特说。

"是的，他很迷人。"米雪儿说。

"他是个好老师。"三个女孩子异口同声地说。

她们一直兴致勃勃地谈论着这场神奇的冒险，抱怨沿途遇上的麻烦。

大概飞了一小时十五分后，她们看到远方有块白色的领土，就是温柔爱先生提过的地方。

"魔法国！"她们三个同时大喊。

她们飞得更近些，眼前赫然是一幅神奇的景象——整个王国被苹果花覆盖，就像是一片浪花朵朵的白色海洋。

"这样可不容易降落。"艾莉安说。

"看啊！"米雪儿说，"那里有块没有苹果树的空地。"

"那地方倒是没有苹果树，"艾莉安说，"但是站满了人，我们得叫他们让开。千万别忘记鸽子先生的叮嘱：先把翅膀收起来……在落地之前再轻拍翅膀……咕咕咕！"

她们缓缓下落，就在离地面五米高时，涌来了一大堆男孩和女孩，他们挤成一团。

"请让开！"米雪儿大喊。可是没一个人离开。大家看起来像是要打起来了，一个个大喊大叫，挥舞手臂，不听别人劝告。

"我求求你们啦！"艾莉安大喊，"快让开，不然我们会撞到你们的头！"

根本没人理睬这三个新来的仙女。

"啊，这些人太讨厌了！"奥黛特说。

她正准备落在一个女孩的头上，那个女孩却突然顺势把奥黛特推倒在地上。这一摔可好，她的一边翅膀折断了。

米雪儿正好落在一个男孩的背上。艾莉安跌跌撞撞地落在一棵苹果树上。

当米雪儿从小男孩的背上下来时，她吃惊地发现这个男孩原来是她的弟弟杰拉德。

"你怎么也在这里？"

"我当然可以在这里啊，奥利维耶不是也在……

你把我的肩膀弄疼了，米雪儿……"他揉了揉肩膀，有点儿不高兴。

"你们什么时候来的?"米雪儿问。

"昨晚。"杰拉德回答。

"你们也参加考试了吗？真不可思议……你们两个什么都不会啊……"

"他问我8乘6等于多少。"

"你是怎么回答的?"

"45。"

"啊？算了，你们反正也不会乘法表。不过，乌鸦先生说没错吗?"

"是的，没错。"

"这只乌鸦真有趣。我的回答是54，他也说没错。你们在这里比在家里乖吧?"

"我们不想做乖孩子，我们只想随心所欲。"

"是的，我们想怎样就怎样。"

"是的，我们才不想做乖孩子呢！米雪儿，这里没人想做乖孩子。"

"那你们在这里干吗?"米雪儿问。

"打架啊!"杰拉德回复。

米雪儿不安地看着四周躁动的人群。

"他们会折断我的翅膀。"她说。

"不会的。"杰拉德说,"你把翅膀放进最里面的更衣室,就在女王的宫殿旁边。"

"女王真的在这里吗?我们可以去拜访她吗?"

"如果你想去的话。"

"不需要什么仪式吗?"

"不需要,在这里想做什么都可以。"

这时,艾莉安看到一个高个子男人朝他们走来。他皮肤光滑、面色红润、头发花白,穿着一件灰色粗呢西装和一条红绿格子西裤。他看起来很面善,但是他的出现还是让人感到意外,因为这个花园里都是孩子。

"天啊!"艾莉安问杰拉德,"他是谁呀?"

"哦!"杰拉德双手抱头,"他是破坏先生,是个苏格兰人。他人很好,但是有点儿坏脾气,他刚刚弄断了仙女弗朗索瓦兹的三颗牙齿。"

"他是怎么弄断的呢？"

"他用一根长棍击出一粒子弹，子弹飞出去一百多米，如果不幸被击中，那就惨了……"

"弗朗索瓦兹的三颗牙齿怎么办？"米雪儿问道，"有人带她去看牙医了吗？"

"哦，不需要，我们用魔法棒恢复了三颗牙。只需要挥舞魔法棒，高喊一声：我需要一颗牙！然后就会长出一颗牙！接着第二颗、第三颗，就这么简单……弗朗索瓦兹玩戏法玩上瘾了，结果她现在有好多颗新牙，总共四十颗。"

这时，米雪儿注意到弟弟们手里都拿着魔法棒。

"你们已经用过魔法棒了吗？"

"对呀。今天早上，我们变出了满满一车库的汽车，还有一顿丰盛的早餐，有热可可、草莓挞、面包、黄油、橘子酱……但是我不得不变了两次热可可，因为破坏先生的子弹打碎了我的杯子。"

"跟我来吧。"米雪儿说，"我把翅膀放进更衣室，然后我们一起去拜访女王。"

第五章　疯狂且迷人的女王

女王的宫殿是一间巨大的玻璃房子，水晶柱子撑起整座房子，玫瑰花覆盖了整面外墙。

"看啊！"米雪儿说，"在这个国家，玫瑰花和苹果花居然会同时开放！"

"想什么时候开放就什么开放。"奥利维耶说，"每天两次，女王会施魔法改变宫殿的风格，例如昨天还是古典风格，今天早上就变成了皮埃尔叔叔房子的风格。现在……不知道是什么风格。"

"我们可以进去吗？"米雪儿问。

"可以啊。"奥利维耶说。

宫殿门口没有门卫，前厅堆满了没打开的信件。尽管是大白天，可宫殿里的灯还亮着。

孩子们走过一间图书馆，成千上万本书堆成一道拱门，他们就从这奇异的拱门下走过。

"就跟爸爸的书房一样。"米雪儿说。

"比爸爸的书房还要乱。"杰拉德补充说。

"这太不可思议了。"米雪儿感叹道。

他们走进大厅，见到了女王本人。她非常漂亮，头上戴着一顶小小的王冠，手中的魔法棒比其他仙女的魔法棒都要亮。女王正在给所有的家具施魔法，但因为动作太快，整个过程看上去实在是滑稽可笑。

此时，她正盯着一幅画看，画面是一座挤满了车子的城市。她魔法棒一挥，这幅画就变成了一张女子肖像。

她盯着这幅新画看了十秒钟，又挥舞了一下魔法棒，肖像里的女子不见了，取而代之的是一座印度宫殿，宫殿前有一头黑色大象和一头红色大象在洗澡。

杰拉德忍不住哈哈大笑，女王闻声转过头。

"嘿！"她看到了来访者，"你们来得真是时候。米雪儿仙女，我一直在等你。你的母亲小时候也来过，她跟我们在一起度过了一段日子，然后她在适当的时候离开了我们。"

"什么是'适当的时候'？"米雪儿问。

"哦!"女王用魔法棒把一张矮桌变成了一盏灯，"没人能一直留在这里。在整个魔法国，除了破坏先生一个大人，其他人都不能超过十二岁。"

"殿下您也是大人。"米雪儿说。

米雪儿为自己感到骄傲，她没叫错对方的称呼。

"哦，我嘛……"女王说，"不一样，我是疯子。"

"什么意思?"米雪儿很吃惊。

"就是这个意思。"女王用魔法棒把一把椅子变成了一个柜子。

孩子们面面相觑。

"女王殿下，"艾莉安腼腆地说，"我们现在应该做什么?"

"你们想做什么?"女王问。

"我想问，我们要去哪儿?"艾莉安问，"有什么规定吗?"

米雪儿也问道:"殿下有何指令?"

女王把魔法棒指向屋顶，眨眼间出现了一个水晶穹顶。她用优美的嗓音唱道:

"仙女，这里唯一的规则，

就是允许各种疯狂的行为。

最乖的才是最疯的，

礼貌的才是无礼的。"

小女孩们有点儿糊涂了。

"什么意思?"艾莉安问。

"这是一则寓言。"奥黛特说。

"谁写的?"米雪儿问女王。

"你们想是谁就是谁。"女王说。

然后，她问道:"你们想要巧克力吗?"

女王伸出魔法棒，把一个独脚矮凳变成了一大盒黑松露巧克力。结果她忘了分给大家，又一挥手把巧克力变成了水果糖。在这一通让人看不懂的变幻后，她唱着歌，把来访者送到了门口。

"亲爱的女孩子们，

唱歌、说话、吼叫、打架、反抗。

　　　越随心所欲，

　　　越是乖小孩。"

在门口，她对他们说：

"下午，宫殿有场宴会，我希望你们能来。"

就在他们跟她告别之际，女王又补充说："如果你们想来的话。"

米雪儿回复："祝您愿望成真。"

第六章　梅兰妮

孩子们走出宫殿，个个都很迷惘。现在做什么好呢？他们甚至不知道现在几点钟。

"我们用魔法棒变出一顿下午茶吧！"奥利维耶提议。

"好主意。"米雪儿说，"其实我有个想法……我们可以变出一张矮桌，坐在草坪上吃。"

"啊，不要！"杰拉德说，"我想要一张正式的餐桌，还有扶手椅。"

米雪儿跟弟弟们吵了起来。杰拉德伸出魔法棒命令道："我要一张大桌子！"一张桌子应声出现在他们面前。米雪儿伸出魔法棒施法："不，我要一张小桌子。"结果桌子又消失了。两个孩子看着对方。

"看啊，魔法棒失效了。"

一个看着他们变魔法的小女孩唱道：

"一加一是更多，

一减一是更少。

又加又减只会更少，

又减又加也不会更多。"

这个小女孩有着一头红发，看起来凶巴巴的。

"她在唱什么？"杰拉德问。

"我不知道。"米雪儿说，"也许是数学公式……听着，杰拉德，我来变桌子，你来变餐具。"

他们达成了合作协议。米雪儿想要一张漂亮的橡木桌。比起一张大桌布，她更愿意选一块块小小的彩色帆布桌巾，上面还绣着数字的那种。可惜其他人对此表示反对。之后，杰拉德变出了盘子和杯子。米雪儿变出来的小桌巾是淡紫色的，杰拉德变出来的盘子是橙黄色的。奥利维耶负责饮料，他变出了橘子水、冰咖啡和热可可。艾莉安变出了蛋糕和果酱，奥黛特变出了三明治，包括火腿三明治和番茄三明治，其中鳀鱼奶酪三明治尤其美味。

孩子们围在桌子旁蹦蹦跳跳，拍手叫好。杰拉德变出了椅子，大家纷纷坐了下来。正当米雪儿想给大家倒杯热可可时，那个一直在观察他们的红发女孩伸出魔法棒，大喊一声："我要这一切都消失掉！"结果，五个孩子一屁股坐在了地上，他们吃惊地发现桌子、椅子，还有食物都不见了。大家伙儿气冲冲地跑去质问红发女孩。

"你是谁？"他们问。

"我是仙女梅兰妮。"

"你为什么把我们的下午茶变没呢？"

"我就想这样做。"她干脆地回答。

"但是我们没对你做任何事啊！"米雪儿说。

"我又没说你们对我做过任何事。"梅兰妮说。

"那你为什么要针对我们？"

"我就想这样做。"梅兰妮说。

"可是我不想你这样做。"米雪儿说。

"你们有权利做你们想做的事情，"梅兰妮说，"那我也有权利做我想做的事情。

仙女，这里唯一的规则，

就是允许各种疯狂的行为。

最乖的才是最疯的，

礼貌的才是无礼的。"

"这首歌让我头疼。"米雪儿说。接着，她伸出魔
法棒，说道："把桌子变回来。"

梅兰妮也伸出了魔法棒。"不准把桌子变回来。"

结果一张桌子都没变出来。

"你这样做很不公平。"米雪儿转过身对朋友说，
"至少得有半张桌子吧。"

但是梅兰妮只是唱着：

"一加一是更多，

一减一是更少。

又加又减只会更少，

又减又加也不会更多。"

情况不妙，五个孩子聚在一起商量。

"怎么办？"杰拉德问。

"要打败她。"奥黛特说。

"没错。但如果她反抗我们呢？"杰拉德说。

"再说我们也不能一边吃一边打架啊！"米雪儿说。

"那是，"艾莉安想了想，"她会复仇的。"

"那就把她赶走。"

"或者邀请她跟我们一起吃。"杰拉德说。

其他人吃惊地看着他。

"你这个主意不错。"米雪儿说，"试试看邀请她……没有其他办法让她冷静下来了。"

"但她不是我们的朋友。"艾莉安说。

"如果我们邀请她，她就算是朋友啦。"杰拉德说。

于是，米雪儿走到梅兰妮身边。梅兰妮还是气鼓鼓地看着他们。

"你想跟我们一起吃吗？"米雪儿问道。

"不要。"梅兰妮拒绝了。

"为什么？"米雪儿问。

"就是不想。"梅兰妮总是那么直接。

"好吧，我们别管她了。"奥利维耶说，"我们自己吃，她太讨厌了。"

他们一行人离开了草地，梅兰妮跟在后面。他们在苹果树下走了两三百米远，看见破坏先生站在草坪中央，正准备对脚下的几颗子弹挥舞铁棍。米雪儿和她的朋友们见状赶紧躲远了。破坏先生猛地用长棍击出一颗子弹，大家听到一声尖叫，原来子弹打中了红发梅兰妮的肚子。

"她倒在地上了！"奥利维耶发出尖叫声。

"她死了吗?"米雪儿问。

"她居然被打中了。"破坏先生说，"这个地方不适合玩游戏。"

他手里的铁棍就是他的魔法棒。为了宽慰自己，他在苹果树林边缘变出了一片忘忧草和红色郁金香，然后坐在草坪上打哈欠。

"这些花长得太快了。"他感叹道，"这个地方太无聊了。"

"我们还是去女王那里吧。"艾莉安说,"她虽然疯疯癫癫的,但是她很漂亮。"

"是的,我们去女王那里吧。"米雪儿说。

"我们去女王那里吧。"破坏先生重复道。

他一边跟着他们一起走,一边还挥舞着那根长棍,草坪里一下子又长出了野生风信子。

第七章　女王举行的宴会

女王身上的长裙由电子平板制成，屏幕画面不停变换。一会儿是火焰状的文字：36000个愿望之国；一会儿是发光的喷泉；一会儿是乡间暴雨。

"她看起来就像是埃菲尔铁塔。"奥利维耶说。

"她接待客人的方式真奇怪。"米雪儿说。

女王从左跑到右，一句话永远说不完，游戏没玩一分钟就得暂停。上百个孩子争吵不休，打打嚷嚷。本来还有个乐团，可是十二个成员想演什么就演什么，乱成一锅粥，根本听不出演奏曲目。米雪儿只能勉强听出来《月光下》的前三个音符，还有《马赛曲》的一小段。

"太可怕了！"她对艾莉安抱怨。

"是的，"杰拉德说，"必须有人来制定游戏规则，维持秩序。"

在角落里，他们看到一群小女生在玩"猜猜他是谁"的游戏。他们跃跃欲试，也想参与进去。

"是男人吗?"米雪儿问。

"是的。"小女孩回答。

"活着的?"米雪儿问。

"是的。"另一个女孩儿回答。

"在巴黎?"米雪儿继续问。

"是的。"第三个女孩儿回答。

"他很强大吗?"米雪儿继续问。

"是的。"第四个女孩儿回答。

"是共和国主席吗?"米雪儿继续问。

"不，是圣女贞德。"第五个女孩儿回答。

"不可能!"米雪儿叫道，"你刚刚说是个男人。"

"我们想怎么说就怎么说。"小女孩说。

米雪儿低声对艾莉安说:"我们五个人去一边玩吧!"

五个孩子爬了好久的楼梯，在四楼找到一个空房间，坐在躺椅上。

奥利维耶问:"我们该玩些什么呢?"

"我有个想法。"米雪儿说，"我们来上课吧。"

"好耶!"奥利维耶鼓掌。

他先开始:"法老做了一个梦……好像是在尼罗河边……"

"闭嘴,奥利维耶。"米雪儿说。

"火山,"杰拉德开口了,"是一座从火山口喷射出火花和熔岩的山。"

"闭嘴,杰拉德。"米雪儿说,"我来提问,我才是老师。"

"不,"奥黛特说,"我才是老师。"

"为什么?"米雪儿问。

"因为我想当老师啊!"奥黛特说。

其他四个人不干了。

"够了够了!"他们对她说,"我们来制定规则:米雪儿就是老师,然后再轮到你,奥黛特。米雪儿,你提问吧。"

"轮到你了,杰拉德。"米雪儿问,"谁带领高卢人打败了罗马人?"

"恺撒。"杰拉德回答。

"没错。"女王突然出现在他们后面。

"到你了，艾莉安，"米雪儿说，"谁是路易十三的父亲？"

"路易十二。"艾莉安说。

"没错。"女王说道。

这时，破坏先生走进房间。

"给他提个问题。"女王说。

但是破坏先生又掏出了铁棍。

"不要!"孩子们大喊，用手捂住脸。

"为什么?"女王说，"让他玩吧，他是我的客人。"

"可他不是我们的客人。"米雪儿说。她抢过铁棍，并且拒绝还给他。

"好吧，给我提个问题。"破坏先生说。

米雪儿想了很久，最终开口问:

"英国的首都是哪里?"

"爱丁堡。"破坏先生回答。

"没错。"女王说。

一个小时后，游戏结束了，孩子们跟女王说"祝您愿望成真"。

　　米雪儿问道："尊敬的殿下，现在您建议我们去哪儿睡觉呢?"

　　"哪里都可以。"女王说。

第八章　回家

一走出宫殿，米雪儿就对她的朋友们说：“我……我不想再实现36000个愿望了，现在我只有一个愿望。”

“我也是！”艾莉安说。

“我也是！”奥黛特说。

“我也是！”杰拉德和奥利维耶同时说道。

“我的愿望就是回家。”米雪儿说。

“我的愿望也是回家。”艾莉安说。

“我的愿望也是回家。”奥黛特说。

“我们的愿望也是回家。”杰拉德和奥利维耶说。

五个孩子你看看我，我看看你，哈哈大笑。

“只不过，如果要回家就得找到更衣室的翅膀，可我把号码牌弄丢了。”杰拉德说。

“我们不需要翅膀，”米雪儿说，“我们有魔法棒。我们只需要说‘我想回到自己的床上’，然后我们就能重新躺在自己的床上了。”

"试试看吧。奥利维耶先来，你是最小的。"

奥利维耶伸出魔法棒，说道："我想回到自己的床上。"话音刚落，他就消失了。

"你看，成功啦！"艾莉安说。

轮到米雪儿了。只见她伸出魔法棒，闭上眼睛说："我想回到自己的床上。"然后就像是看电影一样，眼前先是出现了森林树顶的金色航线，然后是白色沙丘，远方有座小火山正在喷射红色岩浆，火焰越来越高。米雪儿瞪大了眼睛。

她回到了自己的房间。有人把百叶窗拉上去了，一束阳光照亮了床单。一切恢复了往常的模样——躺椅里是穿着蓝色丝绒裙的布娃娃，烟囱上还挂着她在集市上赢得的红白玻璃船，墙上贴着爸爸、妈妈还有弟弟的照片。布瓦尔小姐站在门口对她说："起床了，小女生。上课要迟到了！"

米雪儿揉揉眼睛，从床上爬起来。她很高兴能回到家中，甚至对上学这件事充满期待。她试着在脑袋里重现昨晚的一幕幕场景。她想到了乌鸦先生、天空

小姐，还有女王。现在她特别想振动翅膀，飞过房子去上课。

"我的翅膀呢?"她问布瓦尔小姐。

"你的翅膀?"布瓦尔小姐没听懂，"你有两条腿可以走路啊……"

在课堂上，她见到了艾莉安和奥黛特，但是她的座位不在她俩旁边，所以一直没机会聊魔法国的事情。

"米雪儿!"布瓦尔小姐严厉地说，"你在想什么?"

"什么都没有。"米雪儿被吓了一跳。

"你给我站起来，把你的寓言故事复述一遍。"

米雪儿起身，摇头晃脑，始终想不起第一句。过了好久，她终于想起来了。

"乌鸦先生，坐在柜台后方，
　眼镜架在鼻梁上。"

"你疯了吗，米雪儿?"布瓦尔小姐气坏了，"坐下，你只有零分。我不喜欢有人嘲笑我。"

米雪儿坐下来后，还是迷迷糊糊的。这个寓言故事是哪儿出了问题呢？是"乌鸦先生"还是"好迷惑先生"？这个"好迷惑先生"又是从哪儿冒出来的呢？记忆变得模糊不清……一个小时后，她就不再纠结这事了。

几天后，米雪儿完全忘记了魔法国的事情。她慢慢长大了，试着更耐心地对待她的弟弟们；她也不再喜欢玩偶了，更喜欢看书。眼看她已经满了八岁，接下来就是九岁生日。

可是米雪儿九岁生日那天过得并不怎么愉快。她准备了一场聚会，但是事情的发展却让她大失所望。她的两个弟弟给她准备了一份漂亮的礼物，还调皮地取笑了她。米雪儿也调侃式地回敬了他俩，结果他们却赌起了气，不想跟她一起玩了。她原本还邀请了艾莉安和奥黛特下午过来玩，但是她们两个得了麻疹，整个聚会全泡汤了。

"老师，"米雪儿说，"今天是我的生日，我想十点钟以后再睡。"

"不行。"布瓦尔小姐说，"你累了，要闭上眼睛，早点睡才行。"

"天啊！太无聊了！"米雪儿靠在枕头上，"我想回到36000个愿望之国。"

她想到了那次旅行和她的翅膀，想象再次飞行在森林上空，感觉一定很棒。这时候，她看见了白色的沙丘，还有戴着帽子的石头法老。她马上跑过去跟他说：

"你好，法老。你还认识我吗？"

"认识。"法老回答，"你就是那个给我解梦的女孩，我当时梦见了三只公鸡和三只母鸡。"

"我给你的解释后来印证了吗？"米雪儿问道。

"不，"法老说，"根本没有……但是我有信心。你先坐下来。"

她坐在火山脚下。法老弯下腰，神秘兮兮地对她说：

"我昨晚又做了个梦，"他说，"另一个梦。你能解释一下吗？"

"什么梦？"米雪儿叹了口气。

"是这样的，"法老说，"我似乎来到了尼罗河边……

突然，我看到河里冒出了六只橙色乌龟和六只紫色乌龟……你觉得这是什么意思？"

"没有任何意义。"米雪儿耸了耸肩，"首先，梦本来就没有意义，梦根本不存在。就像现在，我梦见了你，但其实你并不存在。"

"什么意思？我不存在？"法老很吃惊，"我可是埃及之王啊……"

"古埃及也不存在了。"米雪儿说。

法老生气地举起他的石头胳膊，米雪儿吓坏了，赶紧逃跑，法老在后面追赶。还好法老的石头袍子把他的腿裹得紧紧的，他根本跑不快。法老围着沙丘转了几圈，就把米雪儿跟丢了。米雪儿一路跑到骆驼驿站，最前面的就是那头把她带到魔法国的老骆驼。她爬上骆驼的背，像上次一样压低了骆驼耳朵，说道："去魔法国！"骆驼慢悠悠地起身出发了。她大概骑了两百米就看见了沙漠的出口，她身后的法老还在喊："啊？我不存在？你给我走着瞧！"可一眨眼的工夫，米雪儿就再也看不见法老了。

三个小时后，她来到了好迷惑先生的柜台前。她靠近问：

"我可以进去吗？"

"你是谁？"好迷惑先生问道，他的声音愈发嘶哑了。

"我是仙女米雪儿。"

"仙女……"乌鸦说，"仙女？你看起来不像啊！"

"不是吧？"米雪儿说，"你不记得我了吗？"

她递给乌鸦一张卡片，那是她在围裙口袋里意外发现的。

米雪儿小姐为二班仙女，被允许在魔法国全境出行，她可以在那里实现她的36000个愿望。

女王授权好迷惑先生颁发

后勤部乌鸦

乌鸦先生一脸狐疑地看着米雪儿。

"这张卡失效了。"他说。

"失效了?"米雪儿不相信,"什么意思?"

"我不知道,"乌鸦说,"但是我能告诉你的是⋯⋯小姐,你不能用这张卡片进来。你得参加考试。"

"好吧。"米雪儿不怕考试。

因为她现在学习成绩很好,在班上拿了两次第一名和一次第二名。她对自己很有信心。

"数学题:"乌鸦开始了,"12乘12是多少?"

"144。"米雪儿回答。

但是好迷惑先生摇了摇头,并没有像米雪儿预想的那样说出:"咳,是的。"

"历史题⋯⋯谁是路易十三的父亲?"

"亨利四世。"米雪儿说,"不对吗?"

但是乌鸦先生看起来越来越伤心,他没有回复对错与否。

"没必要继续考试了。"他说,"年轻的米雪儿,你无法再次进入魔法国了。"

幸好骆驼还没走,米雪儿当天晚上又回到了家中。

图书在版编目（CIP）数据

胖子国和瘦子国 / (法) 安德烈·莫洛亚著；乔安
夫斯基绘；陈潇译. -- 上海：上海人民美术出版社，
2022.12（2023.7重印）

（大作家写给孩子们）

ISBN 978-7-5586-2509-1

Ⅰ. ①胖… Ⅱ. ①安… ②乔… ③陈… Ⅲ. ①童话 -
作品集 - 法国 - 现代 Ⅳ. ①I565.88

中国版本图书馆CIP数据核字 (2022) 第221983号

胖子国和瘦子国

著　　者：[法] 安德烈·莫洛亚
绘　　者：乔安夫斯基
译　　者：陈　潇
项目统筹：尚　飞
责任编辑：康　华　张琳海
特约编辑：周小舟
装帧设计：墨白空间·李　易
出版发行：上海人民美术出版社
　　　　　（上海市号景路159弄A座7楼）
　　　　　邮编：201101　电话：021-53201888
印　　刷：河北中科印刷科技发展有限公司
开　　本：880mmx1230mm　1/32
字　　数：70千字
印　　张：5.75
版　　次：2023年1月第1版
印　　次：2023年7月第3次
书　　号：978-7-5586-2509-1
定　　价：58.00元

读者服务：reader@hinabook.com 188-1142-1266
投稿服务：onebook@hinabook.com 133-6631-2326
直销服务：buy@hinabook.com 133-6657-3072
官方微博：@ 浪花朵朵童书

后浪出版咨询(北京)有限责任公司　版权所有，侵权必究
投诉信箱：copyright@hinabook.com 和 fawu@hinabook.com
未经书面许可，不得以任何方式转载、复制、翻印本书部分或全部内容。
本书若有印、装质量问题，请与本公司联系调换，电话：010-64072833